書下ろし

抹《まつ》殺《さつ》者

警視庁潜行捜査班シャドー

南 英男

祥伝社文庫

目次

第一章　消された美人検事

1

揺れる乳房が悩ましい。

淡紅色《たんこうしょく》の乳首は尖《とが》っていた。刺激的だ。柔肌は抜けるように白い。砲弾型の隆起は、リズミカルに弾んでいる。

岩城譲司《いわきじようじ》は欲情を煽《あお》られた。下から腰を突き上げる。ベッドマットが軋《きし》んだ。

片倉未穂《かたくらみほ》がなまめかしく呻《うめ》いた。

体位《ラーゲ》は女性騎乗位だった。岩城の自宅マンションの寝室だ。自宅は港区白金台《しろかねだい》にある。

間取りは１ＬＤＫだった。

六月上旬のある夜だ。まだ九時を回ったばかりだった。

一年十カ月前から親密な仲の未穂は、管理栄養士である。三十一歳だが、ずっと若く見える。色気のある美女だ。

未穂は、大手食品会社の商品開発室で働いている。もっぱら冷凍食品の新商品作りに励んでいるようだ。神奈川県の葉山《はやま》育ちだが、自由が丘《じゆうがおか》の賃貸マンションで暮らしていた。だいぶ前から未穂は週に二度、岩城の塒《ねぐら》に泊まっている。今夜も、いつものようにシャワーを浴びてダブルベッドの上で体を貪《むさぼ》りはじめたのだ。

二人の出会いはドラマチックだった。

都内の大型書店の通路で、たまたま背中をぶつけてしまった。そのとき、未穂は手にしていた数冊の単行本をフロアに落とした。岩城は謝《あやま》って、すぐ足許の書籍を拾い集めた。未穂も反射的に身を屈《かが》めていた。そんなことで、二人は額を軽くぶつけることになった。どちらも微苦笑した。岩城は改めて詫《わ》び、相手の顔をまともに見た。

好みのタイプだった。知的な面差《おもざ》しでありながら、妖艶《ようえん》でもあった。そのアンバランスさに魅《み》せられた。ほとんど一目惚《ぼ》れだった。

岩城は積極的に言い寄り、数日後にデートをした。

未穂は気立てがよかった。神経も濃《こま》やかだった。価値観も自分とよく似ていた。

岩城は加速度的に未穂にのめり込んだ。未穂が自分に惹《ひ》かれはじめていることも感じ取れた。

二人は知り合って一カ月後に深い関係になった。

すでに未穂の体は開発されていた。それでいて、過去の男たちの影はまったく引きずっていなかった。反応はどこか新鮮だった。

「わたし、先に……」

未穂が呟《つぶや》いた。岩城は結合部に利き腕を伸ばした。

敏感な突起に触《ふ》れる。硬く痼《しこ》っていた。芯《しん》の部分は生ゴムのような感触だ。ころころとよく動く。

岩城は、陰核《クリトリス》をソフトに愛撫《あいぶ》しはじめた。

圧《お》し転がし、擦《こす》りつづける。未穂が大胆に腰を弾ませはじめた。

じきに喘《あえ》ぎは、淫《みだ》らな呻きに変わった。快感が極《きわ》みに近づいたのだろう。岩城は頃合を計《はか》って上体を起こした。

未穂を抱き寄せ、そのまま優しく押し倒す。埋めたペニスは抜けなかった。内奥《ないおう》は潤《うる》んでいたが、分身は締めつけられていた。

岩城は未穂の両脚をM字に開かせ、腰を躍《おど》らせはじめた。六、七度浅く突き、一気に深く分け入る。

奥まで沈み込むと、未穂は切なげな声を洩《も》らした。岩城はリズムパターンを崩さなかったが、断続的に腰に捻《ひね》りも加えた。

「た、たまらないわ」

未穂が上擦《うわず》った声で言い、腰をくねらせだした。いわゆる〝迎え腰〟だが、その動きには恥じらいが滲《にじ》んでいた。下品ではなかった。

好ましかった。岩城は充分にそそられた。少しずつ律動《りつどう》を速《はや》める。

やがて、二人は相前後して頂《いただき》に達した。

射精感は鋭かった。ほんの一瞬だったが、岩城は背筋と脳天が痺《しび》れた。分身も数度、ひくついた。

未穂は愉悦《ゆえつ》の声をあげながら、裸身を幾度も硬直させた。

膣壁《ちつへき》の緊縮感は強かった。襞《ひだ》の群れがペニスを搾《しぼ》り上げる。思わず声が出てしまった。

未穂はピルを服用している。スキンを使うことはめったになかった。

二人は余韻《よいん》を汲《く》み取ってから、静かに体を離した。岩城は後戯を怠《おこた》らなかった。

「先にシャワーを浴びてきてもいい？　汗塗《あせまみ》れになっちゃったの」

未穂がベッドを滑《すべ》り降りた。素肌に白いバスローブを羽織《はお》ってから、浴室に向かう。

岩城は横向きになって、セブンスターに火を点けた。

情事の後《あと》の一服は、いつも格別にうまい。煙草を深く喫《す》いつけ、ゆっくりと煙を吐く。

三十九歳の岩城は、警視庁刑事部参事官直属の潜行捜査班『シャドー』のリーダーである。しかし、そのことは非公式になっていた。要するに、『シャドー』は非合法な捜査チームだ。

チームは、岩城を含めて四人で構成されていた。メンバーは、形だけ捜査一課特命捜査対策室に所属している。

リーダーの岩城は筋肉質の体軀《たいく》で、身長は百八十センチ近い。柔剣道は二段だが、射撃術は上級だ。並《なみ》のＳＰよりも命中率は高い。

『シャドー』の司令塔は、綿引歩《わたびきあゆむ》刑事部長だ。

ただ、密命の伝達は神保雅之《じんぼまさゆき》参事官からもたらされている。通常、メンバーの四人が綿引刑事部長に直《じか》に会うことはない。

綿引が五十一歳、神保参事官は四十七歳だ。二人とも警察官僚《キャリア》だが、気さくな人柄である。偉ぶったことは一度もない。職階は綿引が警視監で、神保は警視長だった。

『シャドー』は、殺人以外の違法捜査が黙認されている特殊チームだ。支援組織は捜査一課特命捜査対策室である。

四人のメンバーは感謝を込めて、特命捜査対策室を〝本家〟と呼んでいる。チームの存在を知っているのは刑事部長や参事官のほか捜査一課長、副総監、警視総監の三人しかいない。

いつも『シャドー』は、特命事件の真相解明を担《にな》っている。その大半は未解決事件の継続捜査だ。

本家の捜査員たちは優秀だが、難事件の真相に迫《せま》れないこともある。そこで綿引刑事部長が右腕である神保参事官と相談して、『シャドー』を一年四カ月前に密《ひそ》かに発足させたわけだ。

チームリーダーの岩城は、それまで本庁捜査一課第四強行《きょうこう》犯捜査殺人犯捜査第八係の係長を務《つと》めていた。そのころは、もう警部だった。

岩城は中野《なかの》区内で生まれ育った。都内にある名門私大の政経学部を卒業し、警視庁採用の一般《ノンキャリア》警察官になった。

岩城は、幼いころから正義感が強かった。といっても、何か思い入れがあって職業を選択したのではない。ただの会社員にはなりたくなかっただけだ。

振り出しは高輪《たかなわ》署の地域課勤務だった。二年後に四谷《よつや》署刑事課強行犯係になり、その後は複数の所轄署で一貫して凶悪犯罪の捜査に携《たずさ》わってきた。

本庁捜査一課に引き抜かれたのは、八年四カ月前だった。岩城は殺人犯捜査第五係を拝命したあと第三係、第十係と異動になって三年四カ月前に第八係の係長になった。

『シャドー』のリーダーに起用されたのは、殺人事件の真犯人を数多く割り出したことが高く評価されたからだ。

岩城は三人の個性的な部下と力を合わせ、この一年数カ月の間に七件の難事件の謎を解いた。

メンバーには一件に付き三十万円の特別手当が支給されているが、表向きの手柄はすべて本家に譲《ゆず》ってきた。そのことで不満を口にした者はいない。四人のメンバーは、揃《そろ》って現場捜査に携われるだけで満足だった。

煙草《たばこ》が短くなった。

岩城はセブンスターの火を灰皿の底で揉《も》み消した。その直後、ナイトテーブルの上で刑事用携帯電話《ポリスモード》が着信音を発した。

ポリスモードは市販の携帯電話と形状は変わらないが、その機能は違う。五人との同時通話ができる上《うえ》、本庁通信指令本部やリモコン室に捜査員たちが撮《と》った写真・動画を送受信可能だ。

そうした画像は、警察関係者に一斉配信される。そんなことで、指名手配犯の捕捉《ほそく》時間は大幅に短縮された。

ちなみに、制服警官たちにはPフォン《ピー》が貸与されている。機能はポリスモードとほとんど変わらない。

岩城は半身を起こし、ポリスモードを摑《つか》み上げた。ディスプレイを見る。発信者は神保だった。

「参事官、指令が下《くだ》ったんですね？」

「そうなんだ。去る三月四日の晩、世田谷署管内で美人検事が殺された事件《ヤマ》は憶《おぼ》えてるな？」

「ええ。被害者は環七《かんなな》通りの横断歩道前で信号待ちをしてるときに何者かに背後から強く押されて、走行中のコンテナトラックに撥《は》ねられ……」

「そう。気の毒に即死だった。被害者は桐谷恵美《きりたにえみ》という名で、まだ二十九歳だったんだよ」

「確かそうでしたね。東京地検特捜部の検事だったはずです」

「優秀だったようだな。一時間後に捜査資料を持って『シャドー』のアジトに行くよ。三人の部下に呼集《こしゅう》をかけてくれないか」

「わかりました。それでは、後《のち》ほど！」

岩城は電話を切った。

『シャドー』の秘密アジトは、日比谷《ひびや》の雑居ビルの三階にある。ワンフロアをそっくり借り、イベント企画会社『エッジ』のオフィスを装《よそお》っていた。もちろん、ペーパーカンパニーだ。

事務フロアのほかに、会議室、トレーニングルーム、銃器保管室などがある。チームメンバーは、原則として月曜日から金曜日まで『エッジ』に詰め、極秘指令を持つことになっていた。

岩城たち四人は平日、午前十時前後にアジトに顔を出して夕方まで待機する。出動要請がなければ、その日の職務は終了だ。土・日は休みだった。

浴室からシャワーの音がかすかに響いてくる。もうしばらく未穂は戻ってこないだろう。

岩城は、まず最初に年上の部下の森岡隆次《もりおかりゅうじ》に電話をかけた。スリーコールで、電話は繋《つな》がった。岩城は用件を手短に伝えた。

四十六歳の森岡は高卒の叩き上げで、職階はまだ巡査部長だ。年齢の割に昇進が遅い。まるで上昇志向がないからか、そのことで引け目を感じている気配はうかがえなかった。

森岡は、『シャドー』のメンバーになるまで本庁第五強行犯捜査特別捜査第二係で未解決事件の捜査を担当していた。

持ち前の粘《ねば》りで、数々の真相を暴《あば》いた。その功績が神保参事官に認められ、チームに迎えられたわけだ。

森岡は福島県の会津《あいづ》育ちで、根は純朴だった。

ただし、口は悪かった。反骨精神が旺盛で、権力や権威には屈《くっ》しない。俠気《おとこぎ》があって、情《じょう》に脆《もろ》かった。好人物である。

森岡の妻は、二年数カ月前に病死している。それ以来、男手ひとつで高一の息子と中二の娘を育てている最中だ。自宅は赤羽《あかばね》の中古マンションだった。間取りは3LDKだったか。

森岡はずんぐりとした体型で、かなり毛深い。眉《まゆ》が太く、ぎょろ目だ。一度会ったら、忘れない顔だろう。

岩城は、次に佃直人《つくだなおと》に連絡した。

佃警部補は三十六歳だ。チームの一員になる前は、本庁組織犯罪対策部第四課に属していた。暴力団の犯罪を取り締まるセクションである。

マルボウと呼ばれる暴力団係はたいてい体格がよく、強面《こわもて》が多い。やくざと間違われる者も珍しくなかった。

貴公子然とした佃は、異色だったはずだ。優男《やさおとこ》で、物腰はソフトだった。声を荒らげることもない。だが、軟弱ではなかった。

佃は強《したた》かな凶悪犯たちには非情だ。蕩《とろ》けるような笑みを浮かべながら、無言で相手の顎《あご》や肩の関節を外してしまう。時には、救いようのない犯罪者の両眼を二本貫手《ぬきて》で潰《つぶ》す。怒声を放つことがないから、かえって不気味がられている。

殺人事件の捜査は、別に捜査一課に限られているわけではない。暴力団絡《がら》みの殺人事件は組対部《そたいぶ》の守備範囲だ。

所轄署時代から長く暴力団係を務めてきた佃は、闇社会で起こった殺人事件を何件も落着させた。綿引刑事部長が佃の働きを高く評価し、『シャドー』に引き抜いたのである。

佃は千葉県船橋《ふなばし》市の出身だ。四年数カ月前に銀座《ぎんざ》の老舗《しにせ》和装小物店主のひとり娘と結婚し、妻の実家で義理の両親と同居している。二歳数カ月の愛娘を溺愛《できあい》しているようだ。

妻の実家は目黒区柿《かき》の木坂《きざか》にある。佃は、俗にいう〝マスオさん〟だ。

しかし、卑屈《ひくつ》な面は見せたことがない。自慢の美人妻は元アナウンサーだ。佃の大学の後輩で、二つ若い。

最後に呼び出しをかけた部下は、チームの紅一点の瀬島《せじま》利佳《りか》だった。

二十七歳の利佳は巡査長だ。巡査長は正式な職階ではないが、巡査よりも位《くらい》は上である。巡査部長の下に位置しているポストだ。

利佳はチームに加わる前は、本庁鑑識課第一現場鑑識対策部でDNA採取、特命事件の鑑識活動をしていた。当然、科学捜査には精《くわ》しい。利佳の見解が解決のヒントになったこともあった。

彼女は犯罪を憎んでいるが、ことさら正義を振り翳《かざ》すことはなかった。美貌とプロポーションに恵まれているが、それを鼻にかけるタイプでもなかった。

利佳は裏表のない性格で、誰からも好《す》かれている。社会的弱者には優しかった。利佳はストレスが溜《た》まると、〝ひとりカラオケ〟で憂《う》さを晴らしているらしい。

彼女の交際相手は、科学捜査研究所で文書鑑定に従事している。三つ違いの彼氏は大のカラオケ嫌いだそうだ。趣味や価値観が異《こと》なっていることが、利佳の目下の悩みだという。

チームの紅一点は、静岡県沼津《ぬまづ》市の出身だ。チーム入りする前から中目黒《なかめぐろ》にあるワンルームマンションで暮らしていた。いまも、そこに住んでいる。

岩城は三人の部下に呼集をかけると、ベッドを離れた。茶色のバスローブをまとったとき、未穂が寝室に戻ってきた。

「警視庁《カイシャ》から呼び出しがあって、これから登庁しなければならないんだ」

岩城は、もっともらしく言った。未穂には自分が特殊な任務をこなしていることは明かしてあったが、具体的な内容は喋《しゃべ》っていなかった。

「そうなの」

「二、三時間で部屋に戻れると思うよ。先に寝《やす》んでてもかまわない」

「そういうわけにはいかないわ。ここは自分の部屋じゃないんだから、ちゃんと起きて待ってます」

「缶ビールが冷蔵庫にたくさん入ってるから、適当に飲《や》ってくれ。全部、空にしてもいいよ。生ハムやチーズがあるから、つまみに……」

「深酒したら、また抱かれたくなっちゃうかもしれないな。うふふ」

未穂が艶然《えんぜん》と笑った。ぞくりとするほど色っぽかった。

岩城は笑い返し、浴室に足を向けた。髪と体をざっと洗い、身支度をする。たいして時間はかからなかった。

岩城は自宅を出て、近くの大通りまで急ぎ足で歩いた。

少し待つと、運よくタクシーの空車が通りかかった。そのタクシーで、日比谷の秘密アジトに向かう。幹線道路は、さほど混んでいなかった。車の流れはスムーズだった。

目的地には二十分弱で到着した。

チームの四人は、それぞれ『エッジ』の鍵を持っている。一番乗りは岩城だった。

事務フロアのほぼ中央に、八人掛けのソファセットが据《す》えてある。岩城はソファにゆったりと坐り、紫煙《しえん》をくゆらせはじめた。

十分ほど経《た》つと、瀬島利佳が現われた。砂色のパンツスーツが似合っている。

「リーダー、コーヒーを淹《い》れましょうか」

「いや、いい。瀬島、坐ってろよ」

「はい。東京地検の桐谷恵美検事が何者かに車道に押し出されてコンテナトラックに撥ねられて亡くなってから、はや三カ月になるんですね」

「そうだな。世田谷署に設置された捜査本部《チョウバ》には、まず殺人犯捜査四係が出張《でば》って二期目から七係が追加投入されたんじゃなかったかな」

岩城は言った。

「ええ、そうですね。三期目には十一係が加わって、本家も側面捜査に乗り出したはずですよ」

「ああ、そうだったな」

「マスコミ報道によると、東京地検特捜部財政経済班に所属してた桐谷検事は国会議員や仕手集団のボスを起訴したんで、被告人に逆恨《さかうら》みされてたみたいですよ。私生活では何もトラブルはなかったようですから、仕事絡《がら》みのことで殺されることになったんでしょう利佳が言いながら、岩城の前のソファに浅く腰かけた。

「そうなら、とうに捜査本部は犯人《ホシ》を割り出してるだろう。逆恨みによる単純な殺人《コロシ》ではない気がするな」

「そうなんでしょうか」

会話が途切《とぎ》れたとき、森岡と佃が連れだって姿を見せた。二人は一階のエレベーターホールで一緒になったらしい。

森岡と佃が思い思いにソファに坐った。それから間もなく、神保参事官が来訪した。例によって、黒革の鞄を提《さ》げている。中身は四人分の捜査ファイルだろう。

「みんな、待たせたね。会議室に移ろうじゃないか」

「そうしましょう」

岩城は神保に応じ、部下たちを目顔《めがお》で促《うなが》した。森岡たち三人が立ち上がる。

ほどなくチームの四人は会議室に入り、長方形のテーブルを挟んで神保参事官と向かい合った。いつものように岩城たちは窓側に並んで着席した。

「先に捜査資料に目を通してもらったほうがいいだろう」

神保が革鞄から四冊のファイルを取り出し、『シャドー』のメンバーに配った。

岩城は、受け取ったファイルをすぐに卓上で開いた。

表紙とフロントページの間に、鑑識写真が挟《はさ》んであった。二十葉《よう》はあるだろう。

死体写真に目を向ける。車道に転がった美人検事は無傷のように見えた。しかし、両耳から血が流れている。

首も奇妙な形に捩《ねじ》れていた。頸骨《けいこつ》が折れてしまったようだ。目立った外傷はない。それが唯一の慰めだろう。

岩城は鑑識写真の束《たば》をテーブルの上に重ねて置くと、初動捜査資料から読みはじめた。

2

アジトは静寂に支配されていた。

三人の部下は、まだ姿を見せていない。岩城は『エッジ』の事務フロアのソファに腰を沈め、前夜に神保参事官に渡された捜査資料にふたたび目を通していた。まだ午前十時前だった。

恋人の未穂が出勤したら、じっくりと捜査資料を読み返すつもりでいた。

しかし、予定通りにはいかなかった。日付が変わる前に帰宅したのだが、成り行きでまた未穂と睦《むつ》み合うことになったのである。

濃厚な交わりになった。二人は果てると、そのまま寝入ってしまった。寝過ごした未穂は慌《あわ》ただしく薄化粧をして、勤務先に向かった。前日の衣服ではなかった。未穂は、いつも数日分の着替えを岩城の部屋に置いてあった。

岩城もざっとシャワーを浴び、部屋を飛び出した。コーヒーを飲む時間もなかった。秘密アジトに着くなり、捜査資料のファイルを改めて開いた。

美人検事が亡くなったのは、三月四日の午後十一時過ぎだった。所轄の世田谷署は単なる交通事故という見方をしていたが、コンテナトラックの運転手の証言で他殺と断定した。

桐谷恵美の遺体はいったん所轄署に安置され、次の日に東京都監察医務院で司法解剖された。死因は頭骨骨折と脳挫傷《のうざしょう》による心不全だった。死亡推定時刻は午後十一時八分から同十三分の間とされた。

被害者の肩や背中に打撲痕や圧迫痕はなかったが、コンテナトラックの運転手の証言で背後から犯人に車道に突き飛ばされたことは明らかになった。世田谷署の要請で、警視庁は捜査本部を設置した。

だが、捜査が三期に入った現在も犯人の割り出しはできていない。これまでの捜査で最も疑われたのは、民自党の国会議員の寺尾敏《てらおさとし》だ。

五十八歳の議員は、国土交通省の〝族議員〟のひとりである。東日本大震災で被災した高速道路の復旧工事を巡る談合を仕切った疑いを持たれ、東京地検特捜部にマークされたことがあった。

しかし、寺尾議員は復旧工事の談合にはまったく関与していなかった。道路舗装業社八社の営業担当者が入札前にさいたま市内の飲食店に集まり、各社が一件ずつ受注できるよう話し合ったのである。

その結果、常磐自動車道、北関東自動車道、東関東自動車道、東北自動車道の舗装復旧工事など八件のうち五件は、談合に参加した業者が落札した。八件の契約額はおよそ百三十億円で、約百億円の復興予算が充《あ》てられた。

談合に関わった八社の営業担当者ら十一人が独占禁止法違反で在宅起訴されたが、当の寺尾が摘発されることはなかった。

道路舗装の仕事は、高速道路の災害復旧工事に限らない。高度成長期に作られて老朽化した道路や橋が次々に修繕され、毎年四兆円近い公金が費《つい》やされている。

寺尾議員は二〇二〇年の東京オリンピックに向けた公共事業に絡《から》む収賄容疑で、美人検事に十二月上旬に起訴された。

土木会社との癒着《ゆちゃく》ぶりは、しばしばマスコミに取り上げられてきた。だが、これまで寺尾はいずれも不起訴処分になっている。

しかし、今度は有罪判決が下《くだ》るかもしれない。寺尾議員は破滅の予感を覚え、桐谷恵美を逆恨みしたのか。そして、キャップを目深《まぶか》に被った若い男に信号待ちをしている美人検事を車道に突き飛ばさせたのだろうか。

捜査本部は寺尾議員の公設秘書、政治家仲間、有力支持者に聞き込みを重ねた。だが、寺尾に雇われた実行犯は捜査線上に浮かんでこなかった。

桐谷検事は、一月下旬に仕手集団のボスの及川久志《おいかわひさし》、六十歳を金融商品取引法違反（相場操縦など）で起訴していた。

二十年以上も前から投機的な株取引を操り返してきた仕手筋の大物は、二〇一一年から自身が運営する株式情報サイトに大証《だいしょう》一部の化学会社を出世株と根拠のないコラムを書き込み、大量の買い注文を入れた。それに惑《まど》わされた多くの個人投資家が同社の株を買い漁《あさ》り、株価は大幅にアップした。

二百円台だった株価は短期間に六、七倍につり上がった。及川はすぐに持ち株を売却し、一銘柄で十数億円の利益を得た。同じ手口で株価を不正につり上げ、四銘柄で百億円以上も儲けた。

起訴された及川はコラム内容と株価上昇に因果関係はないと主張し、法廷で徹底的に争う気構えのようだ。

検察側は及川のおよそ八十億円分の財産も凍結させるべく東京地裁に保全命令を請求した。それはすんなりと通り、東京地裁は及川側に没収保全命令を出した。

没収保全命令とは、犯罪者が不正な方法で得た金銭や不動産などの財産を凍結する手続きのことだ。被告の有罪が確定したら、没収された財産は被害者に分配される。被害者がいない場合は国庫に納められる。

捜査資料によると、及川は周辺の者たちに美人検事を抹殺《まっさつ》してやりたいと真顔で息巻いていたらしい。だが、仕手集団のボスが第三者に桐谷恵美を始末させた疑惑はなかったようだ。

さらに被害者は、今春に七千百億円の赤字を計上した大企業『明進電工《めいしんでんこう》』の不正会計のからくりを去年の秋から調べつづけていた。

同社は旧財閥系の一流企業で、長年、テレビやパソコンといった家電事業を展開してきた。しかし、近年は赤字続きだった。

今春、経営再建に向けた事業計画をマスコミに発表した。主力事業を原子力発電などのエネルギー、記憶媒体などの半導体、社会基盤《インフラ》の三部門に絞り、家電製造は大幅に縮小することを明らかにした。

二〇一六年末までに三万四千人ほど従業員を削減し、医療子会社の売却もするようだ。リーマン・ショックと福島原発事故で大きな打撃を受け、利益の水増しで粉飾決算を重ねてきたのだろう。大企業の体面を保《たも》ちたかったのだろうが、不正は不正だ。

美人検事が不適切会計問題にメスを入れたくなるのは当たり前だろう。経営陣に何か問題があったことは間違いない。監査法人のチェックも甘すぎる。

『明進電工』は敏腕女性検事に企業の暗部を知られて、犯罪のプロに代理殺人を依頼したのではないか。捜査本部はそういう疑いを持ち、『明進電工』の重役たちを調べた。監査法人も捜査対象になった。

だが、名門企業の関係者は桐谷恵美の死には関与していないという心証を得た。いったい誰が美人検事を葬《ほうむ》ったのか。

岩城は捜査資料を読む前、コンテナトラックを運転していた光原登志夫《みつはらとしお》、四十八歳が作り話で事実を隠そうとしたのではないかという疑念を懐《いだ》いた。

つまり、光原が信号が赤になったのに気づかないで、横断歩道を渡っている桐谷恵美を撥ねてしまったのではないかと思ったわけだ。

しかし、コンテナトラックに搭載されていたドライブレコーダーの映像で、美人検事がキャップを被った二十代と思われる男に車道に突き飛ばされたことが明らかになった。光原は、その犯人の顔はよく見ていなかった。搭載カメラには、シルエットしか映っていなかったらしい。やや小柄で、口髭《くちひげ》を生やしていたと記《しる》してあった。

女性検事は私生活で特に問題は抱えていなかったようだ。二年前に交際していた商社マンと別れた後《あと》は男っ気はなかった。

桐谷は、かつての恋人とは喧嘩別れしたわけではなかった。デュッセルドルフの駐在事務所に転勤が決まった交際相手は恵美にプロポーズし、海外で新婚生活を送ろうと提案した。

恵美は悩んだ末、仕事を選んだ。そうした経緯があって、三年越しの相手と別離したのである。

それでも、捜査本部は桐谷恵美の元交際相手の身辺を洗った。結果はシロだった。

岩城はファイルを閉じ、煙草をくわえた。

美人検事をコンテナトラックで撥ねて死なせた光原と被害者の元交際相手は改めて調べ直す必要はないだろう。ただ、民自党の寺尾議員、仕手集団のボスの及川、そして『明進電工』の経営陣の捜査が甘かったと思える部分があった。

一服し終えたとき、佃がやってきた。

「リーダー、早いですね」

「家《ヤサ》で捜査資料を読み返すよりも、こっちのほうが頭によく入りそうだったんでな」

「それで、早めに来られたのか」

「そうなんだ。佃、ちゃんと捜査資料を読み返したか？」

「ええ。相場操縦で起訴された及川久志は、本当にシロなんでしょうか。捜査本部の連中にケチをつける気はありませんが、捜査に抜けがあったのかもしれませんよ」

「そう思った根拠は？」

岩城は訊《き》いた。

「及川は一見、紳士然としてますが、やくざよりも開き直った生き方をしてます。組対《そたい》にいたころ、関西の経済やくざが相場操縦をして株で大儲けしてる及川を恐喝材料にして、一億円の口止め料を脅し取ろうとしたことがあったんですよ」

「それで？」

「及川はビビった振りをして脅迫者を人気《ひとけ》のない場所に誘《おび》き出し、不良タイ人にフォークで両方の眼球を突き刺させたんです」

「そのタイ人は逮捕されたんだな？」

「いいえ。警察が動く前に自国に逃《フ》げ《ケ》ちゃったんです。それをいいことに、及川はシラを切り通しました」

「関西の経済マフィアは後ろめたさがあるんで、被害届を出さなかったんだろうな」

「そうなんですよ。及川は、強請《ゆすり》を働こうとしたブラックジャーナリストを流れ者に始末させた疑いを持たれたこともあるんです。物証がなかったんで、手錠《ワッパ》は打たれませんでしたけどね」

「そうか」

「及川は異常なほど金銭欲が強いんです。子供のころに父親が事業に失敗して、本気で一家心中をする気になったほどの極貧生活をしてたからなんでしょう。金はないよりも、あったほうがいいと思いますよ。快適な暮らしができますからね」

「佃の言う通りだな。しかし、故意に株価をつり上げ、売り抜けて巨額の売却益を得るのは法律違反だ」

「ええ、手口が汚いと思います。及川は桐谷検事に起訴されたことによって、およそ八十億円の財産を東京地裁に凍結されてしまいました」

「捜査資料にそのことは記述されてたな。銭《ぜに》に執着してる男にとっては、死んでも多額の追徴金を払いたくないんだろう」

「そうなんでしょうね。没収保全金の多くは戻ってこないと思います。及川は頭がおかしくなるくらいのショックを受けたはずです。それだけではなく……」

　佃が言い澱《よど》んだ。

「美人検事を逆恨みしたにちがいない？」

「そう考えてもいいと思います。といっても、狡《ずる》く生き抜いてきた男が自分の手を直《じか》に汚すわけないでしょうがね」

「それは考えにくいな」

「及川は捜査当局に怪しまれない方法で代理殺人を引き受けてくれる奴を見つけて、桐谷恵美を片づけさせたのかもしれませんよ。リーダー、真っ先に及川久志を調べ直してみませんか」

「佃、そう急《せ》くなって」

「リーダーは、族議員の寺尾敏を洗い直す必要があると思ってるんじゃないですか？　寺尾は公共事業を落札させた会社に恩を売っといて、ヤミ献金をたっぷり貰ってるようですからね。愛人の手当も、ずぶずぶの関係の大会社に肩代わりさせてるんだろうな」

「悪徳政治家は、その程度のことはやってそうだな。これまで寺尾は汚職疑惑で東京地検特捜部に何度も事情聴取されてるが、起訴は免《まぬか》れてきた。しかし、今度は起訴された」

「ええ。有罪が確定したら、もう寺尾は終わりでしょう」

「寺尾が美人検事を逆恨みして、亡《な》き者にしてやりたいと思っても不思議じゃないだろうな。しかし、そこまで自暴自棄になるだろうか」

岩城は小首を傾《かし》げた。

「なるんじゃないですか。国会議員として周囲の者たちにちやほやされてたのに、ただの前科者になるわけですから」

「そうなんだが……」

「リーダー、『明進電工』の関係者はどうでしょう？」

「粉飾決算の件が問題になったが、社員に利益の水増しをさせて監査法人に鼻薬をきかせ、黒字経営を装うケースは他社でもやってるんじゃないか。株主たちを騙《だま》してたことになるが、凶悪犯罪とは言えないだろう」

「ま、そうですね」

「ただ、不適切会計のことを内部告発した者がいて、会社がその人物を片づけたことを桐谷検事に嗅《か》ぎつけられたとしたら……」

「『明進電工』の経営陣の誰かが美人検事を始末させたと疑えないこともないな」

「ええ、そうですよね」

佃が事務フロアの隅にあるワゴンに歩み寄り、手早く二人分の緑茶を淹《い》れた。岩城は部下を犒《ねぎら》った。

　二人で日本茶を啜《すす》っていると、森岡が姿を見せた。

「リーダー、家で三度も捜査資料を読み返してみたんだけどさ、どうしても筋が読めなかったよ」

「そうですか。佃は、仕手集団のボスを洗い直したほうがいいと言ってるんですが……」

「言われてみると、及川久志は臭いね。金の亡者が株を売り抜けて儲けた約八十億を凍結されちまったんだから。桐谷って女検事を恨んだり憎んだりするのは筋違いなんだが、誰かに八つ当たりしたくもなるだろうな」

「いま森岡さんのお茶を用意します」

　佃がソファから立ち上がって、ふたたびワゴンに近づいた。ちょうどそのとき、瀬島利佳が現われた。

「遅くなってすみません」

「科捜研の彼氏の部屋にお泊まりだったのかな、昨夜《ゆうべ》はさ。それだったら、早い時間には起きられないよな」

　森岡がからかった。

「もろセクハラですね。でも、小娘じゃないから怒りませんせん」

「瀬島、大人になったな。そろそろ熟女の仲間入りか」

「まだ二十代です、わたしは。ちょっと失礼ですよ」

利佳がパンプスで森岡の靴を軽く踏み、ワゴンに走り寄った。佃に短く何か言って、ポットに手を伸ばした。

佃が引き返してきて、森岡のかたわらのソファに坐った。少し経《た》つと、利佳が二人分の日本茶を運んできた。先に森岡の前に湯吞《の》み茶碗を置き、岩城の横に腰かけた。

「自宅に帰ってから、わたし、四回も捜査資料を読み返したんですよ」

「仕事熱心だな。で、瀬島は捜査本部がマークした対象者はやっぱりシロだと思ったのか？」

岩城は問いかけた。

「ただの勘なんですけど、民自党の寺尾議員は灰色がかってると感じました。寺尾敏は何度も収賄容疑で東京地検特捜部に事情聴取されてます。東京オリンピック開催を控えて都内の老朽化した道路や橋の補強工事が行なわれてますよね？」

「ああ。寺尾は大手土木会社の『帝都《ていと》建設』に道路拡張工事を請け負わせたくて、入札業者に圧力をかけた。それで『帝都建設』から五千万円の相談料を受け取ったんで、桐谷検事に起訴されることになったんだったな」

「ええ、そうですね。収賄の事実はもはや消しようがないわけです。有罪が確定したら、寺尾は政治家生命を絶《た》たれます。寺尾議員はこのまま自分だけ沈むのは癪《しゃく》だと考え、誰かに桐谷検事を交通事故に巻き込まれたように見せかけて始末させたという疑いはある気がします」

「こっちも、なんとなく寺尾は怪しいと思ってたよ」

森岡が利佳に同調した。

「なんか疑わしいですよね」

「悪徳政治家は性根《しょうね》まで腐ってるから、ゼネコンや土木会社からずっとヤミ献金の類《たぐい》を貰ってきたんだろう」

「そうなんでしょうね。リーダー、寺尾敏から洗い直してみませんか。現職の公設秘書や私設秘書は議員が不利になることは絶対に喋《しゃべ》らないでしょうけど、元秘書や元愛人ならば……」

「新事実を明かしてくれるかもしれないな」

「寺尾の周辺の人間から元公設秘書や元愛人のことを聞き出して、その人たちに当たってみましょうよ」

「そうするか。極秘捜査に取りかかる前に美人検事が亡くなった若林《わかばやし》交差点近くの現場に行って、被害者の冥福《めいふく》を祈ろう」

「はい」

「出かける前に、拳銃や手錠をそれぞれ携行《けいこう》しよう」

岩城はソファから腰を浮かせ、銃器保管室に向かった。三人の部下が従《つ》いてくる。

『シャドー』のメンバーは全員、拳銃の常時携行を特別に認められている。

岩城は、オーストリア製のグロック32を持ち歩いていた。十発装弾できるマガジンクリップを使用している。予《あらかじ》め初弾を薬室《やくしつ》に送り込んでおけば、フル装弾数は十一発だ。

佃はシグ・ザウエルP230J《ジェイ》をホルスターに収め、捜査活動をしている。フル装弾数は九発だ。

森岡はＳ&《スミス》Ｗ《ウェッソン》のＭ360Ｊ、通称ＳＡＫＵＲＡ《サクラ》を携行する。小型リボルバーだ。輪胴《シリンダー》には六発詰められるが、通常は五発しか装弾しない。

利佳は、ドイツ製のＨ&《ヘッケラー》Ｋ《コッホ》のＰ２０００を使っている。女性向けのコンパクト・ピストルだ。グリップは握りやすい。

メンバーは拳銃のほかに、テイザー銃を持ち歩いている。

電極発射型の高圧電流銃《スタンガン》だ。電線ワイヤー付きの砲弾型電極を標的に撃ち込み、五万ボルトほどの電流を送り込んで全身の筋肉を硬直させるわけだ。相手は昏倒《こんとう》し、しばらく身動きもままならなくなる。

アメリカの制服警官は、誰もがテイザー銃を所持している。型《タイプ》は数種あるが、いずれも電極ワイヤーは着脱式だ。

「出かけよう」

岩城は部下たちに声をかけ、銃器保管室を出た。

3

覆面パトカーが若林交差点に近づいた。

黒いスカイラインは世田谷通りを進んでいた。運転しているのは利佳だ。

岩城は助手席に坐っていた。すぐ後ろには、チームの灰色のプリウスが走行中だ。佃がステアリングを捌《さば》いている。最年長の森岡は助手席に乗っていた。

原則として職階の低い者が捜査車輛を運転することになっていた。

だが、岩城と佃は森岡とコンビを組むときはステアリングを握る。最年長に対する気遣いだった。

チームの四人は、美人検事が死亡した場所に向かっていた。もう車道に犯行時の痕跡がないことはわかっていた。鑑識係が見落とした遺留品を見つけに行くわけではなかった。殺人現場を踏むと、被害者の無念がひしひしと伝わってくる。当然、刑事魂《だましい》がめらめらと燃える。

そのため、特命が下《くだ》るたびに岩城たちは殺人現場に必ず足を運ぶ。潜行捜査チームであっても、それが習わしになっていた。

「被害者は、この近くの賃貸マンションで暮らしてたんですよね」

運転席で、利佳が言った。

「その自宅マンションは、故人の納骨が済んだ数日後に引き払われたんだったな?」

「ええ、そうです。吉祥寺《きちじょうじ》に住んでる被害者の両親は事件が解決するまで部屋をそのままにしておきたかったようですけど、マンションのオーナーが早く引き払ってほしいと遺族に申し入れたみたいですね」

「遺族は家賃を払うつもりだったはずだから、賃貸契約の解除を急がせることはないのにな」

岩城は言った。

「わたしも、そう思います。でも、家主は早く新しい借り手に入ってもらいたかったんでしょう。何カ月も誰も住んでいない部屋があると、ほかの居住者《きょじゅうしゃ》がなんとなく気味悪がったりするでしょうからね」

「オーナー側には、それなりの事情があったんだろうな。初動で被害者宅をくまなく検《しら》べたが、事件に結びつくような物は何もなかったと資料に書かれてた」

「ええ、そうでしたね。脅迫状めいたものがあったら、第一期で犯人の特定はできたはずなんでしょうけど」

「だろうな。できるだけ早く犯人を突きとめてやろう」

「ええ、頑張りましょう」

利佳が応じて、車を左折させた。環七通りに入ると、スピードを落とした。

事件現場は七、八十メートル先だった。ほどなく利佳がスカイラインを路肩《ろかた》に寄せた。後続のプリウスが倣《なら》う。

岩城は先にスカイラインの助手席から出た。

すると、十数メートル先のガードレールの際《きわ》に二十代後半の女性が屈《かが》み込んでいた。髪はショートカットで、理知的な印象を与える。よく見ると、彼女の前には花束が置かれている。

美人検事の友人か身内なのかもしれない。

岩城はガードレールを跨《また》いで、短髪の女性に歩み寄った。気配で、相手が振り返った。

「警視庁の者ですが、三月四日に亡くなられた桐谷恵美さんのお知り合いでしょうか？」

岩城はＦＢＩ型の警察手帳を短く呈示《ていじ》し、姓だけを名乗った。ショートカットの女性が弾《はじ》かれたように立ち上がる。

「ご苦労さまです。わたし、東京地検特捜部で検察事務官をしている須賀瑠衣《すがるい》と申します」

「あなたが桐谷検事とコンビを組まれてた須賀さんでしたか。捜査資料で、お名前は存じ上げてました」

「そうですか。捜査本部に追加投入された刑事さんですね？」

「いや、こっちは捜一《そういち》の特命捜査対策室の者なんです。捜査本部事件が第三期に入ってしまったんで、支援に駆り出されたんですよ」

「そうなんですか。桐谷検事はわたしよりも二歳年上なだけでしたけど、尊敬してました。特捜部には四十人ほど検事がいますが、桐谷さんはその中でもとても有能でした。大物政財界人でも悪いことをしてたら、とことん追い詰めてたんです。男性検事よりも遣《や》り手でした」

「そうみたいですね」

「でも、ぎすぎすとした方ではありませんでした。まさに才色兼備で、人柄もよかったんです。実に魅力のある女性でした」

瑠衣が言いながら、目を忙《せわ》しなく動かした。

いつの間にか、岩城の背後に三人の部下が立っていた。

「同僚の方たちでしょうか？」

「三人とも部下です」

「そうですか。わたし、東京地検特捜部で検察事務官をしている須賀です」

瑠衣が自己紹介した。佃たち三人がそれぞれ名乗った。

「須賀さんのことは資料を読んだんで、知っていました。被害者の月命日《つきめいにち》ではなかったと思いますけど……」

利佳がにこやかに話しかけた。

「ええ、きょうは月命日ではありませんね。故人にはいろいろ教えていただいたんで、ちょくちょく事件現場にやってくるんです。世話になるだけで恩返しもできないうちに亡《な》くなられてしまったんですよ。ですんで、せめてご冥福を祈らせてもらってるんです」

「桐谷検事を慕《した》ってらしてたんですね？」

「リスペクトしていました。わたしは検事にはなれませんでしたが、巨悪に敢然と挑《いど》む姿勢を本当に敬《うやま》ってたんです。ですんで、桐谷検事の助手をやらせていただけたことが嬉しかったし、誇りでもありました」

「そうですか。偶然ですけど、須賀さんとはわたし、同じ年齢なんですよ」

「同《おな》い年の方には、なんとなく親しみを感じます。瀬島さんでしたかしら？」

「ええ、そうです」

「あなたには全面的に協力しますんで、一日も早く桐谷検事を車道に突き飛ばした犯人を捕まえてくださいね。お願いします」

　須賀瑠衣が深々と頭を下げた。

「頭を上げてください。わたしはまだルーキーですけど、先輩たちは敏腕なんですよ。だから、そう遠くない日に犯人は割り出せると思います」

「検事を撥ねた車輛のドライブレコーダーには、犯人のシルエットが映ってたと捜査本部の方がおっしゃっていましたけど」

「ええ、そうなんですよ。口髭《くちひげ》をたくわえた二十代と思われる男が被害者を車道に突き飛ばしたことは確かなんですけど、キャップを目深《まぶか》に被ってたんで……」

「画像解析機器はだいぶ高度になってるみたいですが、それでも加害者の目鼻立ちはよくわからないんでしょうか？」

「キャップが濃い影を作ってたんで、画像を最大に拡大しても難しかったようですよ」

「残念ですね。事件現場近くの防犯カメラに犯人の姿が映ってそうですけど……」

「これまでの捜査によると、事件時に録画されてた通行人は年配の男性とホステス風の三十歳前後の女性の二人だけらしいんですよ」

佃が口を挟んだ。そのことは、神保参事官から渡された捜査資料に記載されていた。

「それなら、その二人は事件には関与してないんでしょう」

「犯人は犯行後、すぐに路地か民家の間を抜けて裏道に逃げ込んで事件現場から遠ざかったのかもしれないな」

「そうなんでしょうか。この付近の裏通りで不審者を目撃したという証言を捜査当局は得てるのかしら？」

「いや、そういう目撃証言はまったく寄せられてないんですよ」

「犯人は煙のように消えてしまったのね」

瑠衣が溜息《ためいき》をついた。ちょっと間《ま》を置いてから、森岡が口を開いた。

「この世に透明人間なんかいるわけない。なんらかの方法で死角を通り抜けて、犯人《ホシ》はまんまとずらかりやがったんだろう」

「どんな手を使ったんでしょう？」

「残念ながら、そこまではわからないな。けど、大がかりなトリックを使ったわけじゃないと思うね。案外、子供騙《だま》しのトリックでうまく逃走したんじゃないかな」

「そうなんでしょうか」

「人間の思い込みの裏をかくような単純なトリックが成功した事例はなくもない。それはそうと、被害者は本当に私的なトラブルに巻き込まれてなかったのかな。あんたは桐谷検事と年齢も近いから、仕事以外のことでも悩みなんかを打ち明け合ったんじゃないの？」

「はい。プライベートでも、桐谷さんには世話になってたんです。月に一回は検事のマンションに泊まりがけで遊びに行って、恋愛話もしてました。わたし、かけがえのない男性と別れた過去があって、新しい恋愛に臆病になってしまったんです。そういう悩みを……」

「そういえば、被害者も交際してた商社マンと別れてしまったんだよね？」

「ええ。桐谷さんはその彼に仕事を辞めて専業主婦になってほしいと言われたそうです。検事は仕事を天職と思ってたんで、どうしても踏み切れなかったんでしょうね。わたしだったら、プロポーズを受け入れて彼の赴任先のデュッセルドルフで新婚生活を送る気になったと思いますけどね」

「いまの仕事、つまらなくなったのかな？」

「そんなことはありませんけど、検事になるのが夢でしたから。桐谷さんの下で働けるのは光栄なことですが、停年まで検察事務官をつづけていく自信はなかったんですよ」

「そう。被害者と別れた商社マンは、よりを戻《もど》そうとしなかったのかね。女優みたいな検事だったんだから、別れたことを後悔したんじゃないかと思うんだがな」

「相手は桐谷さんに未練があったのかもしれませんけど、とてもプライドが高かったらしいんですよ。それだから……」

「みっともない真似《まね》はしたくなかったんだろうか」

「そうだったんじゃないんですか。デュッセルドルフの駐在事務所に転勤になった後は、すぐに音信がなくなったそうです」

「ずいぶんドライだな。その商社マンは本気で被害者に惚《ほ》れてたのかね。検事の美しい容姿に魅《み》せられてただけなんじゃないのかな」

「それだけでは何年もつき合えないと思いますよ」

　瑠衣が控え目に反論した。

「そうか、そうだろうな。何年も彼氏がいた桐谷検事が淋《さび》しくなったりすることもあったはずだ。捜査本部の調べでは、被害者に男っ気はなかったということだが、性質《たち》の悪い野郎に引っかかったとは考えられない？」

「桐谷さんは、そんな安っぽい女性ではありませんでした」

「しかし、小娘だったわけじゃないんだ。性的な渇《かわ》きを覚えることもあったと思うがね」

「森岡さん、立ち入りすぎでしょ？」

利佳が困惑顔で話に割り込んだ。

「瀬島は黙っててくれ。大事なことだよ。キャリアウーマンがつまらない野郎に引っかかって、しくじった例は一つや二つじゃないんだ。本件の被害者《ガイシャ》がホストみたいな奴につまずいて、いつも金をせびられてたとしたら、なんとか縁を切りたいと思うだろうが？」

「聡明《そうめい》な女性がそんな男に熱を上げたりしないでしょ？」

「まだわかってないんだな、瀬島は。男と女は妙なきっかけで、できちまうもんだよ。桐谷検事は相手が価値のない奴だとわかったんで、別れようとした。けど、相手は貢《みつ》いでくれる女を逃《のが》したくなかった。そんなこんなで、痴情《ちじょう》の縺《もつ》れがあったのかもしれないぜ」

「桐谷さんは、そういう軽い女性じゃありませんでしたと申し上げたはずですっ」

瑠衣の声には怒気が含まれていた。

「お言葉を返すようだが、男と女のことは本当にわからないんだ。現に首を傾《かし》げたくなるようなカップルもいるじゃないか」

「故人を貶《おとし》めるようなことは言わないでください」

「森岡《モリ》さん、そのぐらいにしてください」

岩城は見かねて、やんわりと窘《たしな》めた。森岡がばつ悪げに笑い、頭に手をやった。

「桐谷さんの私生活には何も乱れなんかありませんでした。男性関係で恨みを買うようなことはなかったと思います」

瑠衣が岩城に顔を向けてきた。

「そうだろうね」

「検事の告別式に参列した翌日、わたし、吉祥寺の実家を訪ねたんです。桐谷さんのご両親や弟さんに故人の私的なことをうかがったんですけど、異性問題でトラブルなんか抱えてませんでしたよ」

「友人か知り合いに少しまとまった額の金を貸してやって、踏み倒されたなんてこともなかったんだろうな」

「そういうこともなかったでしょうね」

「上司や同僚検事と何かで揉めたなんてことは？」

「そういうことはありませんでした」

「となると、仕事絡みのことで被害者は誰かに逆恨みされたのか。それとも、知ってはならないことを知ってしまったんで、命を奪われることになってしまったのかな。須賀さんは、どう筋を読んでるんです？　仕事柄、事件のことをあれこれ推測したんじゃありませんか」

「捜査本部は民自党の寺尾議員と仕手集団のボスの及川をしばらくマークしてたようですが、どちらも嫌疑は晴れたようですね?」

「ええ、一応」

「二人とも本当に事件には関わってないんでしょうか?」

「須賀さんは、どっちも怪しいと思ってるのかな」

「疑わしいですね、どちらも。国交省の族議員と目《もく》されてる寺尾敏は、『帝都建設』に便宜供与して五千万円のヤミ献金を受け取ってます。議員は経営相談料と主張して、違法性はないと繰り返しました」

「そんな子供じみた言い訳は通用しないな」

「ええ、そうですよね。桐谷検事は収賄容疑で起訴できるだけの立件材料を揃えたから、当然……」

「寺尾敏を起訴したんだろうな」

「警視庁の方たちはよくご存じでしょうが、検察は勝ち目がなかったら、まず不起訴処分にします」

「そうだね。検察が起訴した事案は、ほぼ百パーセント有罪になってます。負けるのは稀《まれ》なんでしょ？」

「ええ。寺尾議員に有罪判決が下《くだ》れば、政界にはいられなくなるでしょう。いままでに築き上げたもののあらかたを失うはずです」

「自業自得だな」

「その通りだと思います。寺尾議員が保釈になった翌日、検察合同庁舎と九段分室を同時に爆破するという予告メールが新宿のネットカフェから送られてきたんですよ」

「えっ、そのことは捜査資料に一行も書かれてなかったな」

「後《あと》で単なる〝いたずらメール〟だと判明したんで、検察側は爆破予告メールの件は警察に伏せたんです」

「そうだったのか」

岩城は納得した。

そうしたことは前例がないわけではなかった。警察と検察は協力関係にあるが、同時にライバル同士だった。お互いに手の内をそっくり見せないこともあった。

「このことも警察関係者には話してないんですが、爆破予告騒ぎがあった三日後の夜、桐谷さんとわたしはイタリアン・レストランを出て間もなく無灯火のワンボックスカーに轢《ひ》かれそうになったんです」

「そんなことがあったのか」

「はい。とっさに検事がわたしの片手を摑んで道端に引っ張ってくれたんで、二人とも難を逃れることができたんです。そのとき、桐谷さんは寺尾議員が起訴された腹いせに自分を第三者に片づけさせようとしたのかもしれないと呟《つぶや》いたんですよ」

「検事には何か思い当たることがあったんだろうな」

「ええ、そうなんでしょうね。これはわたしの想像なんですけど、桐谷さんは寺尾議員本人か代理人に電話か何かで脅迫されてたんじゃないのかしら？」

「無灯火のワンボックスカーに轢かれそうになったことを須賀さんは、どうして捜査員に教えなかったのかな」

「寺尾敏が桐谷さんの命を狙ってるという確証があるわけではないので、迂闊《うかつ》な言動は慎《つつし》むべきだと考えたんです」

「なるほど」

「寺尾議員が保釈になって数日後の出来事ですので、やはり怪しいですよ。国会議員は事情聴取されたとき、うまく言い逃れたんでしょう。こんなことを言ったら、怒られそうですが、寺尾敏は法務省の警察官僚《キャリア》の誰かを抱き込んで不利になりそうな供述を調書から削除させたのかもしれませんね」

「法務省と検察は、そこまで腐ってないと思うな」

　佃が言った。

「そうでしょうね」

「須賀さん、仕手筋の大物のどこが怪しいんです？」

「及川久志は起訴されて、東京地裁に約八十億円の財産を凍結されました」

「そうですね。相場操縦で儲けた百億円の約八割も凍結されたんですから、桐谷検事を逆恨みしたくなるかもしれませんでしょ？　金銭に執着するタイプは、その種の逆恨みをしますす」

「桐谷さんが及川と繋がりのある者に脅されたというようなことはあったのかな？」

「検事が仕手集団のメンバーに脅迫されたという話は聞いてませんでしたけど、何か怖い目に遭《あ》ったことはあるんじゃないのかしら？　寺尾議員と及川を洗い直していただけませんか」

「桐谷さんは去年の秋から、『明進電工』の粉飾決算のからくりを調べてたんでしょ？」

「ええ。わたしが会社ぐるみで赤字部門の売上を大幅に水増ししてた証拠資料を集めて、社外取締役や監査法人にチェックを甘くさせた事実を調べ上げたんですよ。でも、『明進電工』が桐谷さんに何か警告したり、脅迫してきたことはありませんでしたね」

「大企業が不適切会計のからくりを東京地検特捜部の遣り手の女性検事に知られたら、焦《あせ》りまくるんじゃないだろうか」

「わたしもそう思ってました。ですけど、桐谷さんが『明進電工』の息のかかった者に厭《いや》がらせめいたことをされたという話は一度も聞きませんでした」

瑠衣がきっぱりと言った。

「被害者はあなたのことを妹分のように思ってたんで、余計な心配をかけたくなかったのかもしれませんよ」

「そうなんでしょうか。もしかしたら、そうだったのかもしれないな。わたしは悪徳政治家から調べ直してほしい気持ちですね。寺尾議員はゼネコンや大手土木会社と癒着《ゆちゃく》して袖《そで》の下を使わせ、そうした汚れたお金で愛人を何人も囲ってるんです。そんな男を国会議員にしておくのは、有権者の恥ですよ。寺尾議員が殺人事件に関与してなかったとしても、社会的な制裁は加えてやりたいですね」

「こちらも同じ気持ちですよ」

佃が口を結んだ。

岩城は女性検察事務官に謝意を表した。新事実を得られたことはありがたかった。

瑠衣が一礼し、遠ざかった。

「故人の冥福を祈ったら、佃は森岡《モリ》さんと一緒に被害者の身内や友人に会って、念のため捜査報告の再確認をしてくれないか。無駄になるかもしれないがな」

「わかりました。リーダーは瀬島とどう動くんです？」

「寺尾の元公設秘書と元愛人から情報を集めるつもりだ。その二人は、寺尾議員の公私の秘密を知ってそうだからな」

「どちらも寺尾に嫌われて遠ざけられた節《ふし》があるから、捜査本部の連中に何か国会議員の不正の事実を喋りそうなんですが、二人とも多くを語ってないんですよね。どうしてなんでしょう？」

「寺尾の秘密をバラしたら、どっちも身に危険が迫ると考えたんじゃないか」

「そうなら、リーダーや瀬島が改めて聞き込みをしても、元公設秘書と元愛人は何も喋ってくれないでしょう？」

　佃が言った。すると、森岡が話に加わった。

「身分を明かして、まともに聞き込みをしたら、無駄骨を折ることになるだろうな」

「そうでしょうね」

「佃、ちょっと鈍いぞ。リーダーは身分を伏せて、元公設秘書と元愛人に接触するつもりなんだよ。ね、リーダー？」

「さすがベテランの森岡《モリ》さんだな。合法捜査じゃ、新たな手がかりは得られません。おれは復讐請負人を装って、その二人に会ってみるつもりです」

「やっぱり、そうだったか」

「隠れ捜査に取りかかる前に、みんなで合掌しましょう」

岩城はしゃがみ込み、両手を合わせた。部下たちが横一列に屈《かが》み込む。

岩城は瞼《まぶた》を閉じ、胸の中で被害者にベストを尽くすことを誓った。

4

先にプリウスが発進した。

岩城は森岡・佃コンビの車が遠のいてから、膝《ひざ》の上で捜査資料のファイルを開いた。スカイラインの助手席だ。利佳はステアリングに両手を掛け、上司の指示を待っている。

「瀬島、リラックスしててくれ。元公設秘書と元愛人に関する情報をちゃんと頭に入れておきたいんで、データを読み返す」

「いくらでも待ちますから、慌《あわ》てないでください」

「長くは待たせないよ」

岩城は、元公設秘書の塩見克彦《しおみかつひこ》の経歴を読んだ。

四十六歳の塩見は都内の私大を卒業後、数年のサラリーマン生活を経《へ》てから寺尾議員の第二公設秘書になった。寺尾は国会議員二世だった。

塩見は、数年前に亡くなった寺尾の実父の口利きで大企業に縁故入社した。だが、会社の水には適《あ》わなかったようだ。退職して、二世議員の公設秘書になった。

塩見は恩人の息子によく仕《つか》え、身を粉《こ》にして働いたようだ。しかし、二年前に寺尾議員が銀座のクラブホステスを私設秘書として採用したことに苦言を呈し、疎《うと》まれはじめた。

私設秘書に格下げされたことに腹を立てた塩見は一年数カ月前に辞表を出した。

その後は観光バス会社に転職したのだが、わずか半年で辞めてしまった。いまは生命保険外交員の妻に養《やしな》ってもらい、〝主夫〟に専念している。

自宅は品川区豊町《ゆたかちょう》六丁目にある。建売住宅で妻子と暮らしているようだ。ひとり娘は中学生だった。

寺尾の元愛人の今朝丸真弓《けさまるまゆみ》は三十三歳で、ウグイス嬢上がりの元私設秘書である。しかし、平河町《ひらかわちょう》にある寺尾議員の事務所にはめったに顔を出すことはなかった。要するに、愛人として囲われていたのだろう。

真弓は一年ほど前に寺尾に棄《す》てられ、いまはパーティー・コンパニオンとして働いている。愛人のころは広尾《ひろお》の高級賃貸マンションをパトロンに借りてもらっていたのだが、現在は笹塚《ささづか》のワンルームマンションに暮らしているらしい。

「元公設秘書の塩見の家《ヤサ》に向かってくれ」

岩城はファイルを後部座席に置き、利佳に命じた。利佳が短い返事をして、覆面パトカーを穏《おだ》やかに走らせはじめた。

環七通りを野沢《のざわ》方面に向かい、目黒区から品川区に入った。塩見宅を探し当てたのは、およそ三十分後だった。

裏通りに面した自宅は、古びた小さな二階家だった。間取りは3LDKだろうか。敷地は四十坪もないだろう。庭は狭い。

岩城は部下にスカイラインを塩見宅の数軒先のブロック塀《べい》の際《きわ》に停止させた。

「瀬島は車の中で待機しててくれ。おれは復讐請負人になりすまして、寺尾議員の収賄や女関係の情報をさりげなく探《さぐ》り出す」

「リーダー、ちょっといいですか」

「何だ？」

「復讐請負人に化けても、奥さんに食べさせてもらってる状態の塩見克彦には成功報酬を払うだけの余裕なんかないでしょう？」

「だろうな。だから、成功報酬は後払いでもかまわないと言うつもりなんだよ」

「復讐請負人兼強請屋《ゆすりや》という触《ふ》れ込みで、塩見に会うんですね？」

「そのつもりだ。寺尾議員の弱みを教えてくれれば、まとまった金をせしめてあげると塩見に話を持ちかけて、こっちの取り分は三十パーセントでいいって話を持ちかけるよ」

「それなら、元公設秘書は寺尾議員の汚職や女性スキャンダルを暴露してくれそうですね。多額の臨時収入を得られたら、肩身の狭い思いをしなくてもいいわけですから」

「そうだな」

「リーダーは意外に……」

　利佳が言葉を濁した。

「言おうとしたことには察しがつくよ。悪知恵が回ると言いかけたんだろ？」

「ええ、そうです。でも、リーダーが本当に寺尾敏の弱みにつけ込んで恐喝するわけじゃないんですから、別に問題はないと思います」

「実はな、寺尾から一億ぐらい本当に脅し取ってもいいと考えはじめてるんだよ。おれたちの俸給はそれほど多くないからな。たまには贅沢《ぜいたく》もしてみたくなるじゃないか」

「リーダー、マジなんですか⁉　本気で恐喝をする気だとしたら、わたし……」

「神保参事官に密告《チク》るか？」

「そこまではしませんけど、リーダーのことを軽蔑するでしょうね」

「安心しろ、冗談だよ」

岩城は変装用の黒縁眼鏡《くろぶちめがね》をかけて、前髪を額に垂《た》らした。

「リーダー、びっくりさせないでくださいよ」

「悪い、悪い！　これで、ちょっと印象が変わっただろ？」

「ええ、少しね。でも、リーダーと面識のある人が見たら、すぐにバレますよ。十分ぐらい時間をもらえれば、わたしが特殊メイクでリーダーの顔を別人のように仕上げます」

利佳は特殊メイクの名人だった。ハリウッド映画の特殊メイクを手がけているプロから技術を伝授《でんじゅ》され、その腕は玄人《くろうと》はだしだ。

これまでの捜査活動で、岩城を含めて三人のメンバーは別人に化けたことがそれぞれ数度ずつあった。利佳自身も必要に応じて、若妻、ホステス、熟女、高齢者になりすます。化粧品だけではなく、人工皮膚や特殊パテを使って上手に糊塗《こと》する。

造りものの皺《しわ》、染《し》み、黒子《ほくろ》、疣《いぼ》は、どれも実にリアルな出来だった。利佳は別人に化けるときは年相応の動きをする。芸が細かい。

「偽名を使って塩見に会うんだから、特殊メイクを施《ほどこ》してもらうまでもないだろう」

「今回は、そこまでやる必要はないですかね」

「そう思うよ。行ってくる」

岩城は言って、スカイラインを降りた。塩見宅まで足早に歩き、インターフォンを鳴らす。

ややあって、スピーカーから中年と思われる男の声が流れてきた。

「何かのセールスだったら、お断りする。我が家は金持ちじゃないんでね」

「セールスじゃないんですよ。あなたは以前、民自党の寺尾議員の公設秘書をなさってた塩見克彦さんでしょ？」

「そ、そうだが、おたくは誰なの⁉」

「インターフォン越しで遣《や》り取りするのは、ちょっとね。といっても、塩見さんには悪くない話を用意してきたんですよ。十分ほど玄関先まで入れてもらえませんかね。わたし、佐藤《さとう》といいます」

岩城は、ありふれた姓を騙《かた》った。

「どうせ何かを売りつける魂胆《こんたん》なんだろう。悪いけど、引き取ってくれないか」

「ほんの十分程度で結構なんです。そう警戒しないで、ポーチまで入らせてくれませんか。あなたが私設秘書を雇おうとした寺尾議員に反対したことは間違ってなかったと思いますよ。なにしろ議員は女にだらしがありませんからね」

「よく知ってるね。おたくは何者なんだ⁉」

「敷地内に入れてもらえたら、こちらの正体を明かしますよ。寺尾議員は暴君ですね。塩見さんは、雇い主が新入りの私設秘書に手を出してスキャンダルの主になることを避けたかったんでしょう」

「そんなことまで、ど、どうして知ってるんだね」

「あなたの進言を聞き入れずに、腹いせに降格させるなんて子供よりも始末悪いな。そんなお粗末な国会議員の秘書なんか辞めて正解だったと思います。しかし、四十代の転職は苦労が多い。塩見さんも新しい職場に馴染《なじ》めなくて、生保レディーをしてらっしゃる奥さんに経済的に頼らざるを得なくなってしまった。理不尽な格下げには納得いかなかったでしょうね」

「佐藤さん、ポーチまで来てくれないか。おたくの来訪目的がわからないが、遣り取りをご近所の方たちに聞かれるのは……」

塩見が小声で言った。

岩城は低い門扉《もんぴ》を押し開け、幾つかの踏み石をたどった。ポーチに達すると、玄関ドアが開けられた。

姿を見せた塩見克彦は中肉中背で、色が浅黒かった。額が禿《は》げ上がっている。

黒っぽいTシャツを着て、ベージュのチノクロスパンツを穿《は》いている。デニム地のエプロンをしていた。

「中に入ってくれないか」

「お邪魔します」

岩城は三和土《たたき》に身を滑り込ませ、さりげなくサマージャケットのアウトポケットに手を入れた。小型ICレコーダーの録音スイッチを押す。

塩見は玄関マットの上に立つと、エプロンを外した。

「昼食の用意をされてたようですね」

「素麺《そうめん》を茹《ゆ》でてる途中にインターフォンが鳴ったんだ。コンロの火は止めたんだが、余熱で茹で過ぎになっちゃったかもしれないな」

「すみませんね」

「いいんだ。毎日、昼は素麺を喰《く》ってるんで倦《あ》きちゃってるからね。でも、安く上がるんで仕方なく食べてるんだよ」

「求職中なら、倹約《けんやく》しませんとね」

「そうなんだよ。妻の収入だけでは遣《や》り繰りが大変だから、好きな煙草も一日三本しか喫《す》わないようにしてる」

「何かと大変ですね」

「寺尾先生を怒らせなければ、ずっと公設秘書でいられたんだろうが、下半身スキャンダルで失脚したら、亡くなった先代があの世で嘆《なげ》くと思ったんだ。だからね、女を私設秘書にすることに反対したんだよ」

「議員は、その彼女をいつも自分のそばに控えさせておきたかったんでしょう。そしてスタッフの目を盗んで、お気に入りの彼女を事務所で抱きたかったんでしょう」

「先生は三十代の半《なか》ばから、私設秘書に手をつけて愛人にしてきたんだ。その数は五本の指じゃ足りない。国交省の副大臣まで務めた議員がそんなことをしてたんじゃ、支持者から見限られてしまうよ」

「でしょうね」

「わたしは先代のお父さんの世話で大企業に就職できたし、妻とも結婚できたんだ。そんな恩人の息子が低俗なスキャンダルで政治家生命を絶たれたりしたら、先代に申し訳ないんで……」

「あえて寺尾議員に苦言を呈したんですね？」

岩城は確かめた。

「そうなんだよ。しかし、そのことで先生に嫌われることになってしまった。転職でしくじったせいで、いまや女房に喰わせてもらってる始末だ。恥ずかしくて情《なさ》けないね」

「寺尾敏が悪いんですよ。塩見さんに非はありません。女狂いの国会議員が駄目なんです。二世や三世議員の多くは甘やかされて育ってるんで、子供のころから自分のわがままを通してきたんでしょう」

「寺尾先生ほどではないが、そういうタイプの議員が多いな。彼らの祖父や父親は立派な政治家だったんだが、二世や三世にはあまり逸材《いつざい》はいないね。先代や先々代の偉業があるんで、閣僚になったりしてるが」

「ほとんどの世襲議員は、ぼんくらなんでしょうね」

「そこまで無能ではないと思うが……」

　塩見が微苦笑した。

「寺尾議員がまともな政治家なら、あなたの人生設計が狂うことはなかったでしょう」

「そうだろうね」

「このままでは癪《しゃく》でしょう？　議員の冷たい仕打ちが赦《ゆる》せないと心の底では思ってるんじゃありませんか」

「正直に言うと、それを全面的に否定することはできないな。公設秘書を辞めさせられたときは、本気で何か仕返しをしてやろうと思ったよ。議員の公私のスケジュールは簡単に調べることはできるんだ。第一公設秘書をやってる泉茂房《いずみしげふさ》さんはわたしが冷遇されたときに同情してくれて、格下げを撤回させると息巻いてた。でも、強くは議員に抗議できなかったようだね」

「国会議員に雇われてる身だから、やれる限界はあったでしょう」

「そうだろうな。泉さんは自分に力がないことを泣きながら……」

「謝ってくれたんですね？」

「そうなんだ。寺尾議員より一つ若いだけの泉さんがそこまでしてくれたんだよ。だから、わたしは第一秘書にはいまでも感謝してるんだ。そんなことで、寺尾先生のスケジュールはたやすく泉さんから聞き出せるんだよ。愛人宅に何時から何時までいたことまでわかる」

「議員はすぐに女に惚れるが、倦《あ》きやすいみたいですね。ウグイス嬢時代から目をかけてた今朝丸真弓さんも一年数カ月前に棄《す》ててしまったんでしょ？」

「真弓さんは内縁の妻でもかまわないと先生に正妻なんかよりはるかに尽くしたんだよ。でも、新しい彼女にのめり込んで、真弓さんには手切れ金も払ってない。彼女が住んでた広尾の高級マンションの部屋を勝手に引き払ったという話だよ。泉さんから聞いた話だから、間違いないだろう。いまはワンルームマンションで生活して、パーティー・コンパニオンで月に三、四十万稼いでるそうだ。愛人時代には毎月百万の手当を貰ってたはずだから、多少の貯《たくわ》えはあるだろうが、贅沢はできなくなったんじゃないかな」

「そうでしょうね。愛人は真弓さんひとりだけじゃなく、複数人囲ってたようですね」

「最も多いときは五人の女性の世話をしてたな。先生の浮気は半ば奥さん公認だから、気に入った女性はすぐセックスペットにしてしまうんだ」

「ずいぶん捌《さば》けた奥さんですね」

「奥さんは心臓に先天性の疾患《しっかん》があって、情熱的な夫婦生活はできないんだよね。オーラルセックスも無理だそうで、ごく短い営《いとな》みにしか耐えられないんだ。そんなことで奥さんは負い目を感じてるらしく、夫の女性関係をずっと大目に見てきたんだよ」

「それにしても、精力絶倫ですね。発情期のオットセイみたいじゃないですか」

　岩城は呆れて笑ってしまった。

「本当だね。周囲の者が何もかも先生の面倒を見てるんで、スタミナを持て余してるんだろう。たまに国会で質問に立ったりしてるが、優秀なキャリア官僚がちゃんと草稿を用意してくれるんで、先生は何もしなくてもいいわけさ」

「それじゃ、性エネルギーは溜《た》まる一方なんでしょう。いま議員が夢中になってるのは、元グラビアアイドルでしたっけ？」

「その彼女とはもう別れて、いまはキャビンアテンダントをやってた女性に入れ揚げてるようだな。わたしが秘書を辞めてから、その愛人を囲うようになったという話だから、それ以上のことはよく知らないんだよ」

「そうですか。寺尾敏は自分の懐から愛人の手当を払ってるわけじゃないんでしょ？　国交省の副大臣になる前から癒着してた大手ゼネコンや土木会社に肩代わりしてもらってるんじゃないのかな」

「それは……」

「こっちは、もうわかってるんですよ。東日本大震災の復旧工事の入札を巡る談合を裏で仕切ってたのが寺尾敏だということも調べ上げました」

「えっ⁉」

塩見が狼狽《ろうばい》し、目を逸《そ》らした。

「その件で寺尾議員は東京地検特捜部に何度か事情を聴取されたが、結局、不起訴処分になった」

「先生は無実だったんだよ」

「塩見さん、本当にそう思ってます？」

「そ、そうだったんだろうね。先生が東京地検特捜部に呼ばれても、第一公設秘書の泉さんは特に焦ってなかったから」

「まだ議員を庇《かば》うんですか。呆れたな。議員は、あなたを切り捨てたんですよ。悔しくないのかな」

「恨んではいるよ。しかし……」

「ま、いいでしょう。議員は『帝都建設』に道路拡張工事の入札で便宜《べんぎ》を図ってやって、去る二月に〝経営相談料〟という名目で五千万円のヤミ献金を受け取り、収賄容疑で東京地検特捜部に起訴されました」

「そうだね。だけど、先生は本当に『帝都建設』からヤミ献金を受け取ったんだろうか」

「まだそんなことを言ってるんですか。いまは保釈中ですが、いずれ寺尾敏は収監されることになるでしょう。収賄罪だけで済まないかもしれないな」

「どういう意味なんだ？」

「寺尾議員を起訴した女性検事の桐谷恵美が三月四日の夜、交通事故に見せかけて殺害されましたよね？」

「そのことは知ってるが、まさか先生が誰かに女性検事を始末させたんじゃないよな」

「塩見さん、その疑いはゼロじゃないんですよ。わたしの協力者たちが桐谷検事の死の謎に挑《いど》み、寺尾議員が関わってるという感触を得たんです」

岩城は平然とはったり《ブラフ》をかました。

「ま、まさか⁉」

「こっちは復讐請負人ですが、実は悪人どもの弱みを恐喝材料にして億単位の口止め料をせしめてるんですよ」

「強請を働いてるわけか」

「ええ、そうなんです。塩見さんは寺尾議員の気まぐれによって、人生のシナリオを書き直さざるを得なくなった。腹立たしいでしょ？　こっちと組んで寺尾が服役する前にまとまった口止め料を脅し取って、山分けしませんかね。危《ヤバ》いことは引き受けますよ。あなたは収賄に関する証拠を泉さんあたりから手に入れてくれればいいんです。いっそ三億ぐらい吐き出させて、一億五千万ずつ分けてもいいな」

「かつての雇い主に弓を引くようなことはできない。帰ってくれないか。早く消えてくれーっ」

「訪ねた甲斐《かい》がなかったな」

岩城は肩を竦《すく》め、ポーチを出た。ＩＣレコーダーの停止ボタンを押して、スカイラインの助手席に坐り込む。

「何か手がかりは摑めましたか？」

利佳が早口で問いかけてきた。

「大きな収穫はなかったよ」

「そうですか」

「どこかで昼飯を喰《く》ったら、今度は今朝丸真弓に会ってみよう。昼間なら、おそらく真弓は自宅マンションにいるだろう」

岩城は伊達眼鏡を外し、塩見との遣り取りをかいつまんで伝えはじめた。

第二章　黒白《こくびやく》の見極め

1

ハンバーグライスを平らげた。

岩城は、ペーパーナプキンで口許《くちもと》を拭《ぬぐ》った。塩見宅から数百メートル離れたファミリーレストランだ。

昼食時にもかかわらず、客の姿は疎《まば》らだった。味がよくないせいではないか。

正面に坐った利佳は、まだラザニアを半分ほどしか食べていない。焦《あせ》らせてはかわいそうだ。

岩城は、飲みかけのブラックコーヒーを少し啜《すす》った。コーヒーもまずい。そのうち店は畳まざるを得なくなるだろう。

「もう腹一杯だわ」

利佳がフォークを皿に置いて、ペーパーナプキンを抓《つま》み上げた。

「うまくなかったようだな。口直しに苺《いちご》のショートケーキでも追加注文するか？」

「ケーキもおいしそうじゃないから、やめときます」

「そうか」

岩城は口を結んだ。

利佳がペーパーナプキンを使ってから、ストローで残ったアイスティーを吸い上げた。

「寺尾の元愛人には、瀬島と一緒に会おう。そっちは、おれの強請《ゆすり》の相棒に化けてくれ」

「わかりました。今朝丸真弓はウグイス嬢のアルバイトをやってるころに寺尾議員に口説《くど》かれて私設秘書兼愛人になったようですけど、十年も経《た》って棄てられるとは思わなかったでしょうね？」

「だろうな。しかも手切れ金も貰えなかったわけだから、寺尾敏をかなり恨んでると思うよ」

「憎んでもいるんじゃないかしら？」

「そうだろうな。中高年の男はパワーでは若い奴らにはかなわないだろうが、性的な技巧には長《た》けてる。まして女好きのパトロンはテクニシャンにちがいないだろうから、真弓が議員と離れられなくなっても仕方ないな」

「リーダー、そういう話はセクハラになりますけど……」

「際《きわ》どいことはもう言わないよ。二十代のいい時期を今朝丸真弓はパトロンに捧げたんだから、おれたちに協力してくれるだろう」

「族議員の寺尾が大手ゼネコンや土木会社と不適切な関係にあることを証言してくれたら、寺尾を追い込めますね」

「そうだな。瀬島、ルージュを引き直すんだろ。おれは喫煙室で一服してるよ」

岩城は言った。

利佳が立ち上がって、化粧室に足を向けた。少し経《た》ってから、岩城はベンチシートを離れた。二人分の勘定をレジで払い、出入口近くにある喫煙室に入る。

誰もいなかった。岩城はセブンスターをくわえた。火を点け、深く喫《す》う。うまかった。

煙草が短くなったとき、懐で刑事用携帯電話《ポリスモード》が鳴った。岩城は煙草をスタンド型の灰皿に捨て、ポリスモードを摑み出した。

発信者は森岡だった。

「女検事のおふくろさんに会ってから、佃とラーメンを喰い終えたところだよ」

「何か被害者の母親から新しい証言を引き出せました？」

「桐谷恵美は正月に実家に顔を出したときにさ、冗談口調で『わたしにもしものことがあったら、悪いことをしてる奴に消されたと思って』と言ったそうだ。おふくろさんは聞き流したようだが、被害者は捜査対象者の誰かに命《タマ》を狙われる予感があったんじゃないのかね」

「そうなのかもしれないな。しかし、身内に具体的なことを話すと……」

「心配をかけると思ったんだろうな」

「ええ、多分ね」

「リーダー、元公設秘書の塩見克彦には会ったの？」

「ええ。復讐請負人兼強請屋になりすまして、探りを入れてみました」

岩城は詳しいことを喋った。

「塩見は寺尾敏を恨んでても、先代に恩義を感じてるんで二世議員に仕返しするにはためらいがあるんだろう。となると、塩見から寺尾の致命的な弱みの証拠を引き出すことは難しいな」

「でしょうね。おれたち二人は、これから寺尾に長いこと囲われてた元愛人の今朝丸真弓に会いに行きます」

「そうかい。佃とおれは、都内に住んでる故人の大学時代の友人らに会いに行くよ。徒労に終わるかもしれないけどな」

「頼むね、森岡《モリ》さん」

「新情報を摑んだら、すぐリーダーに報告するよ」

森岡が通話を切り上げた。

岩城は、折り畳んだポリスモードを上着の内ポケットに戻した。喫煙室のそばに利佳がたたずんでいた。

岩城は急いで喫煙室を出た。

「リーダー、わたしの分も払ってくれたんですってね。駄目ですよ。捜査員の食事代は当たり前ですけど、官費で落とせないんですから」

「堅いことを言うなって。おれのほうが少しばかり俸給を多く貰ってるんだから、たまには奢《おご》らせろって」

「ご馳走《ちそう》になってもいいのかしら?」

「いいんだ、気を遣《つか》うな。それより煙草を吹かしてるとき、森岡《モリ》さんから電話があったんだよ」

「何か摑めたんですかね、森岡・佃班は?」

利佳が訊いた。岩城は通話内容を部下に教え、先にファミリーレストランを出た。

コンビは肩を並べて店の駐車場の中ほどまで歩き、おのおのスカイラインに乗り込んだ。

「笹塚に向かいます」

利佳が覆面パトカーを走らせはじめた。

最短コースを選んで目的地に向かう。それでも数カ所の幹線道路で渋滞に巻き込まれてしまった。

『笹塚パールハイツ』に着いたのは、午後二時半過ぎだった。

ワンルームマンションは三階建てで、部屋数は十五室だ。今朝丸真弓は二〇五号室を借りている。

利佳がワンルームマンションの少し手前の路肩《ろかた》に車を寄せた。ちょうどそのとき、『笹塚パールハイツ』からジョギングパンツを穿《は》いた三十代前半の女性が走り出てきた。

真弓だった。捜査資料には、彼女の顔写真が貼付《ちょうふ》されていた。サンバイザーを被っているが、当の本人だ。

「ジョギングするようですね。リーダー、どうしましょう？」

「低速で尾《つ》けて、ちょくちょく車を路肩に寄せてくれ」

「了解です」

「真弓がどこかで小休止を取ったら、接触しようじゃないか」

岩城は言った。

利佳は指示に従った。真弓は自宅周辺を四、五キロ走ってから、住宅街の中にある児童公園の中に足を踏み入れた。汗ばんでいる。

岩城は車を児童公園の横に停めさせ、利佳に目配せした。利佳が黙ってうなずく。

岩城は助手席を降り、先に園内に入った。すぐに利佳が追ってくる。

真弓は右手の木陰《こかげ》のベンチに腰かけ、スポーツタオルで首筋の汗を拭《ふ》いていた。反対側の砂場に二歳ぐらいの幼女と母親らしき女性がいるだけだった。だいぶ離れている。会話を聞かれる心配はないだろう。

岩城たちペアは、ベンチの前で立ち止まった。

「何でしょう?」

「今朝丸真弓さんですよね?」

「そうですが、あなた方はどなたですか?」

真弓が不安顔を岩城に向けてきた。

「わたしは佐藤と申します。連れは仲間の田中《たなか》といいます。われわれは復讐請負人なんですよ」

「そうです。あなたはウグイス嬢時代に民自党の寺尾敏議員に言い寄られて、十年ほど私設秘書兼愛人だった。それなのに、一方的にパトロンに棄《す》てられ、広尾の高級賃貸マンションから追い出されてしまった。しかも、手切れ金は一円も貰ってない。ひどい話だ」

「わたしのことをいつ調べたんですか？」

「その質問には答えられませんけど、わたしたち二人は今朝丸さんの味方なんですよ」

利佳が笑顔で言い、真弓の横に浅く腰かけた。

「味方って、どういう意味なの？」

「わたしたちは、十年も若い女性の心と体を弄《もてあそ》んだ国会議員を懲《こ》らしめてやりたいんですよ。ストレートに質問しますけど、あなたはウグイス嬢のアルバイトをしていたときに寺尾議員に力ずくで体を奪われたんじゃありません？」

「そ、そうです。選挙が終わってから、先生は三人のウグイス嬢の慰労会を割烹《かっぽう》旅館で開いてくれたの。わたしのビールには強力な睡眠導入剤が入れられてたんです。ふと目を覚ますと、わたしは全裸で夜具に横たわっていました。しかも先生の性器はわたしの中に入ってたんです」

「卑劣な手を使ったものですね」

「先生はビデオカメラを片手に持ちながら、腰を動かしてたわ。わたしは全身で抗《あらが》ったんですが、虚《むな》しい結果になりました」

「寺尾敏はあなたの弱みにつけ入って、その後も体を求めたんでしょ？」

「ええ。わたしは屈辱感を覚えたんで、できれば拒《こば》みたかったですよ。でも、恥ずかしい映像を撮《と》られてしまったんで……」

「逆らえなかったわけですね？」

「そうなの。ひどいことをした先生とは早く関係を絶つ気でいたんだけど、性の歓《よろこ》びを教えられてしまったんで、離れられなくなったんです。大学生のときに性体験はあったんだけど、まだエクスタシーを味わったことがなかったの」

「それで、今朝丸さんは議員の私設秘書を兼ねた愛人になったわけですね」

岩城は部下を目顔で制止し、先に口を開いた。

「ええ、そうなんです。先生は病的な女好きだから、わたしのほかに複数の彼女がいたんです。嫉妬を覚えましたね、知らないうちに先生を好きになってしまってたんですよ。でも、月に百万円ものお手当をいただいてたんで、我慢もできました。わたしは内縁の妻でもいいから、奥さんの次に大事にされたかったんで本当に尽くしてきたんです。だけど、一年ちょっと前に一方的に別れようと切り出されてしまったの」

「別の女にパトロンは心を移してたんだろうな」

「わたし、先生の心変わりが信じられませんでした。それで、探偵社に尾行調査を依頼したの。その調査報告で先生が元キャビンアテンダントの草刈七海《くさかりななみ》という女性に夢中になってることがわかったんです。わたしよりも五つ年下で、グラマラスな美人ですね。でも、先生とはお金目当てでつき合ってると思ったんで、わたし、『乃木坂《のぎざか》タワーマンション』に住まわせてもらってる草刈さんを訪ねて、先生と別れてほしいと泣いて頼んだの」

「相手はどんな反応を示したのかな?」

「草刈七海は冷ややかに笑って、別のパトロンを見つけろと言ったんです。わたしは逆上して、彼女の頬を平手打ちしちゃいました」

「元CAはそのことをパトロンに告げ口したんじゃないのかな?」

「ええ、そうなの。わたしは先生に髪の毛を強く引っ掴まれて床《フロア》に倒されてから、腰を三度も蹴られました。それで、月末までに荷物をまとめて広尾のマンションから出て行けと言い渡されたんです」

「手切れ金は要求しなかったの?」

「自活できるようになるまで、しばらく金銭的に援助してくれないかと頼んでみました。でも、きっぱりと断られたわ。仕方がないんで笹塚のワンルームマンションを借りて、パーティー・コンパニオン派遣会社に登録して……」

「………」

「わたしは大企業の祝賀パーティーなどの仕事が多いんで、生活できるだけの収入は得られるんです。だけど、招待客に娼婦のような扱い方をされることがあって、惨《みじ》めな思いもしてます」

「それは辛いね」

「お金が溜まったら、輸入雑貨の店を開きたいと思ってるんだけど、夢で終わるかもしれません」

「わたしたち二人が寺尾敏から一億ぐらいの手切れ金を出させてあげよう。その三割は貰いますが、残りの七千万円で自分の店を持つんですね。商売は難しいだろうが、一国一城の主になれるわけだ。張りが出てくるはずですよ」

「先生はすんなり一億円も出すかしら？」

真弓が呟《つぶや》いた。

「派手な女性関係のことを強請の材料にしても、うまくいかないだろうね。しかし、国交省の元副大臣の寺尾敏は昔から大手ゼネコンや土木会社と馴《な》れ合って、公共事業受注に便宜《べんぎ》を図ってきた。そのことは、今朝丸さんも知ってるでしょ？」

岩城はサマージャケットの右ポケットに手を差し入れ、ＩＣレコーダーの録音スイッチを入れた。

「ええ、まあ」

「あなたが住んでた広尾の高級マンションの家賃は、どこか大手のゼネコンが負担してたんじゃないんですか？」

「最初の三年間は先生がポケットマネーで家賃を払ってくれてたんです。でも、四年目からは大手ゼネコンの『紅林組《くればやし》』が負担するようになりましたね。それから月々の手当も、『大光《だいこう》建設』からわたしの口座に振り込まれるようになったんです」

「そのことについて、寺尾はどう言ってたのかな」

「税務署の調査を回避するため、先生が『紅林組』と『大光建設』に自分のお金を渡して迂回《うかい》してもらってるんだと……」

「それは嘘だろうな。寺尾は愛人宅の家賃と月々の手当を癒着してる『紅林組』と『大光建設』に肩代わりしてもらってたにちがいない」

「そうだったのかしら」

「汚職常習の政治家が昔からやってる手口ですよ。特定の企業とずぶずぶの関係にある国会議員たちは高級クラブの飲食代や自宅のリフォーム費なんかを会社に付け回ししてるんです」

「先生は自分のお金で、わたしの面倒を見てくれてたんじゃなかったのね」

「おそらく自腹は、ほとんど切ってないでしょう。多分、最初っからね」

「だとしたら、ひどいわ。先生は十年も只《ただ》でわたしをセックスペットにしてきたことになるんですから……」

「惨《むご》い言い方だが、そうだったんだろうな。だから、仕返しをしてやればいいんですよ。寺尾と大手ゼネコンが癒着して贈収賄を重ねてた証拠があれば、一億円程度の手切れ金は楽にせしめることができるでしょう。今朝丸さん、何か汚職を裏付けるような事柄がありませんでしたか？」

「そう言われても、特に思い当たることはないわね。『紅林組』や『大光建設』から月々わたしの銀行口座に振り込みがあったことは、汚職を証拠だてる材料になるんではありません？」

　真弓が訊いた。

「それだけじゃ、ちょっと弱いね。国税局の調べが入ったとしても、大手ゼネコン二社はどうせ今朝丸さんを非常勤役員か何かと偽《いつわ》って、その場を切り抜けるでしょう。もっともらしい書類は後から、いくらでも作成できるからな」

「そうでしょうね」

話が途切れた。一拍置いてから、利佳が真弓に話しかけた。

「十二月に寺尾議員が収賄容疑で東京地検特捜部に起訴されて一カ月ほど勾留されたことは知ってますでしょ？　いまは保釈されて、公判待ちですけど」

「ええ、そのことは知ってるわ。先生は東京オリンピックに向けた高速道路や橋の改修工事で『帝都建設』に利益供与して、五千万円のヤミ献金を受け取ったかどで起訴されたんでしょ？」

「そうです。議員が『帝都建設』と不適切なつき合いをしてることは東京地検特捜部は把《は》握《あく》してるんですよ」

「そうなの」

「国会議員が汚職で有罪判決になったら、政治家生命はそこで終わりです。選挙違反なんかと違って、罪が重いですからね」

「ええ、わかります。事実、収賄罪で服役した議員たちがたくさん政界から追放されましたものね」

「ええ。去る三月四日の夜、世田谷署管内で東京地検特捜部の桐谷恵美という遣り手の美人検事が交通事故に見せかけて殺されました」

「その事件なら、記憶に新しいわ。その事件と寺尾先生の汚職は繋がってるんですか？」

「リンクしてるかもしれないんですよ。桐谷検事が『帝都建設』と寺尾議員の癒着ぶりを以前から調べてたことは事実なんです」

「あっ、もしかしたら……」

「何か思い当たったんですね？」

岩城は話に割り込んだ。

「三年前と一年半ぐらい前だったと思いますけど、先生がわたしの部屋にキャリーケースを持ち込んできて数日間預かってくれと言ったんです」

「それで？」

「先生に中身を見るなと釘をさされたんですけど、ロックはされてなかったんですよ。わたし、中身が気になったんで、こっそりキャリーケースを開けてみたんです」

「中身は帯封の掛かった札束だった？」

「茶封筒に入れられた分厚い包みが六つほど詰まってて、粘着テープで封印してありました。その包みの一つに『帝都建設』の社名が印刷されてたんです。中身は硬かったから、百万円の札束が五束ほど重ねてあったんでしょうね」

「そう思っていいだろうな。寺尾敏は公設秘書を介さずに自身で『帝都建設』からヤミ献金を受け取って、あなたの部屋に一時保管したんだろうね。その後、そのキャリーケースはどうなったんです？」

「三、四日後に先生が自分で持って帰りました。そういうことがありましたんで、寺尾先生が道路や橋の補修工事を『帝都建設』に落札させて、五千万円のヤミ献金を受け取ったんで……」

「起訴されたんだろうね。寺尾は政治家として誇れる仕事をしたいと思ってるんではなく、立場を利用して私腹を肥やすことに腐心してきた三流の政治屋だな」

「そんな男に十年も尽くしたわたしは、愚かな女だったのね」

「あなたはうまく寺尾に遊ばれたんです。それなりの報復はすべきだな」

「少し考える時間をください」

「わかりました。四、五日経《た》ったら、また来ます」

「そうしてもらえますか」

真弓が言った。

利佳が心得顔でベンチから立ち上がった。岩城は上着の右ポケットに手を突っ込み、ICレコーダーの停止ボタンを押した。

「いまの遣《や》り取《と》りの音声を寺尾に聴かせたら、観念して美人検事殺しに関与してるかどうか素直に喋りそうですね」

「それほどやわな男じゃないさ。寺尾は大狸《おおだぬき》だろうから、そう簡単にはいかないだろう」

「そうでしょうか」

「寺尾が目下《もっか》のめり込んでる草刈七海のマンションに行こう」

岩城は言って、足を速《はや》めた。利佳が小走りに追ってくる。

ほどなく二人は児童公園を出た。

2

スピーカーは沈黙したままだった。

部下の利佳がふたたび集合インターフォンのテンキーを鳴らす。『乃木坂タワーマンション』だ。やはり、一一〇三号室からの反応はなかった。どうやら草刈七海は外出しているらしい。

岩城は利佳に目配せして、集合インターフォンに背を向けた。数歩後ろから利佳が従《つ》いてくる。

二人は、じきに覆面パトカーの中に戻った。

岩城は助手席側のドアを閉めると、神保参事官のポリスモードを鳴らした。電話はスリーコールで繋《つな》がった。

「岩城君、早くも有力な手がかりを摑んだのかな」

「事は、そううまく運びませんよ。寺尾議員がのめり込んでる元キャビンアテンダントの草刈七海のことを捜一の課長経由で、本家の人間に調べさせてほしいんです」

「いまメモを執《と》るから、少し待ってくれ」

神保がしばし黙った。岩城は少し待ってから、必要なことを伝えた。

ついでに、議員の元愛人の今朝丸真弓がパトロンが持ち込んだ札束入りのキャリーケースを数日間、二度も自宅に預かったという証言も伝えた。

「そういうことがあったんだったら、寺尾は『帝都建設』から五千万円のヤミ献金を間違いなく受け取ったな。議員はあくまで経営相談料として受け取ったと主張して、収賄罪には当たらないと粘ってるがね」

「ええ。ですが、検察側は寺尾の言い分を絶対に認めないでしょう。有罪判決が下《くだ》ることほぼ確実ですよ」

「そうならなければ、桐谷検事は犬死にしたことになりそうじゃないか。捜査本部は、もっと厳しく寺尾議員を追及すべきだったのかもしれないね。『帝都建設』が寺尾と口裏を合わせて、贈賄容疑を全面否認したことは感じ取ってたはずだからな」

「そうでしょうが、桐谷検事も確証を得たわけではありません。状況証拠が固まったんで、起訴しただけのようです。もちろん、有罪にできる勝算はあったと思いますがね」

「相手は国会議員二世だから、捜査本部の連中もつい遠慮がちになってしまったんだろう。ところで、女性検事が寺尾敏の周辺を助手の検察事務官と嗅ぎ回ってたことは明らかになってるんだが、収賄の確証を摑んだという事実はまだ……」

「そうなんですよね。ですんで、寺尾議員が桐谷検事殺しに深く関わってるとは断定できないわけです」

「しかし、疑わしいね」

「ええ」

「本家の者に草刈七海に関する情報を集めてもらったら、すぐに連絡するよ」

神保参事官が電話を切った。

岩城は刑事用携帯電話《ポリスモード》を懐に収めた。ほとんど同時に、運転席の利佳が言葉を発した。

「元CAは旅行に出かけたのかもしれませんよ。そうだとしたら、ここでずっと張り込んでても無駄になるんじゃありませんか」

「口癖のように言ってるが、捜査は無駄の積み重ねだよ。一つずつ事実のピースを拾い集めて、謎を徐々に解き明かしていく。そうしてるうちに、事件の真相に迫れるんだ」

「その通りなんですけど、『帝都建設』の企業不正か重役たちのスキャンダルを摑んで、それを切札にしてヤミ献金のことを認めさせたほうが早いでしょ？」

「瀬島、よく考えろ。大手ゼネコンで役員まで出世した人間は愛社精神が強いだろうし、自分が苦労して得たポストにしがみつく傾向がある」

「ええ、保身本能は並の社員よりも強いと思います。ですけど、『帝都建設』が受注工事を下請け会社に丸投げして、孫請けに負担を強《し》いてるわけですから、会社ぐるみの不正は必ずあるでしょう。それから、悪質な大口脱税も日常的にやってるにちがいありません。そうして浮かせたお金を与党国会議員たちにばら撒《ま》いてるんでしょうね」

「だろうな」

「会社を不当に解雇された元社員や労働組合の幹部たちなら、企業不正の数々を教えてくれるんじゃないですか。寺尾に経営相談料という名目で五千万円のヤミ献金を渡したことも……」

「甘いね。会社を恨んでる元社員や労働組合運動に熱心な者たちは大企業を敵に回したら、生きづらくなることを知ってる。ましてや家族がいたら、捨て身で告発なんかできない。悲しく情けないことだが、それが並の人間だよ」

「でも、いろんな組織には勇気のある内部告発者がいます、数こそ少ないですけどね」

「そういう気骨のある人間も自分だけでなく、妻子の命まで狙われるようなことになったら、腰が引けてしまうだろう。『帝都建設』の関係者の中にヤミ献金のことで勇気ある証言をしてくれる人物がいるとは思えないな」

岩城は言った。

「わたしの考えは甘いんですかね」

「おれは、そう思うよ。寺尾が気を許してると思われる草刈七海から新事実を引き出すほうが近道だろう」

「でも、七海はパトロンの弱みをたやすくは喋ってくれないでしょ?」

「そうだろうな。だが、七海に何か他人《ひと》に知られたくないことがあれば、それが突破口になるじゃないか」

「チームは殺人以外の違法捜査は認められてるわけですけど、反則技ばかりで事件を落着させるのは……」

「警察官としては、悩むとこだよな。言い訳めくが、法の網を狡《ずる》く潜《くぐ》ってる奴らには法律は無力と言ってもいい。だからって、悪知恵の発達した犯罪者どもを野放しにしておいたら、暗黒社会になってしまう」

「ええ、そうですね」

「アナーキーな考え方だが、法律の通用しない悪党どもを正攻法で退治するのは難しい。ならば、違法捜査をするほかないじゃないか。詭弁《きべん》と思う者がいるだろうが、おれたちは社会の治安を守ることが仕事なんだ。『シャドー』は非合法捜査チームだが、いたずらに思い悩むことはないさ。反則技を使わなきゃ、社会を健全にすることはできないよ」

「そうでしょうね」

「自己矛盾を感じて常に頭を抱え込んでるようでは、任務に支障を来《きた》す。瀬島、無理だったら、チームを抜けてもいいんだぞ。おれが刑事部長と参事官を説得してやる」

「チームを抜けたくありません。抜け目のない犯罪者たちをひとり残らず懲《こ》らしめてやりたいんですよ」

「だったら、もう思い悩むな。迷ったときはスイーツを爆喰《ばくぐ》いして、〝ひとりカラオケ〟でも愉《たの》しめよ」

「ええ、そうします」

　利佳の表情が明るくなった。何かがふっ切れたようだ。

　岩城自身も、利佳と同じことで思い迷ったことがあった。だが、チームはゲームのように反則技を重ねているわけではない。違法捜査は一種の必要悪と考えたら、気持ちが楽になった。

わざわざ確かめたことはないが、森岡や佃も同質の悩みを抱えていた時期があったのではないか。警察官としては当然だろう。

岩城たちペアは『乃木坂タワーマンション』の近くで、草刈七海が帰宅するのを待ちつづけた。

時間が虚《むな》しく流れ、夕闇が濃くなった。元キャビンアテンダントが帰宅する様子はなかった。友人か誰かと泊まりがけの旅行に出かけたのか。岩城はさすがに焦《じ》れてきたが、待つほかなかった。

神保参事官が岩城に電話をかけてきたのは、午後六時数分前だった。

「連絡がすっかり遅くなってしまったな。やきもきしてたんだが、ついさっき本家の捜査員から報告があったんだ。草刈七海はちょっと年齢の離れた妻子持ちの男に惹《ひ》かれるタイプのようだ」

「ファザコンなんですかね」

「そうなのかもしれない。七海が五歳のとき、両親が離婚したんだよ。母親は会社経営者の長女で、家業を手伝いながら七海を女手ひとつで育てたんだ。経済的に余裕があったんで、私立ミッション系大学の附属小学校からエスカレーター式に中学、高校、大学と進んで大手航空会社のＣＡになったんだよ」

「そうですか」

「実父は妻と別れてからオーストラリアに渡り、日本食レストランの経営で成功したようだね。オーストラリアの女性と再婚して、ほとんど日本に帰ってこなかったらしい」

「父親の愛情に飢えてた草刈七海は、はるか年上の男に自然に魅せられるようになったんでしょう」

「そうにちがいない。七海はＣＡになって一年もしないうちに当時四十代のパイロットと不倫関係になったんだ。しかし、その不倫相手はおよそ二年後に急死してしまったそうだ。心不全で亡くなったのは、都心のホテルだったそうだよ。七海と一緒にチェックインしたことが確認されてるから、いわゆる腹上死だったのかもしれない」

「そうだったんだろうな。奥さんの柔肌よりも瑞々《みずみず》しくて弾力性もあるにちがいないから、異常に興奮したんでしょうね」

「多分、そうなんだろう。それから一年もしないうちに、草刈七海は別の五十代前半の機長と不倫するようになった。二人の搭乗機は航路が違ってたんだが、たまたま同じ飛行機に二年数カ月前に乗務することになったそうなんだ」

「そのとき、二人は仕事そっちのけで無駄話を繰り返してたんですか？」

岩城は訊いた。

「そうじゃないんだ。不倫相手の機長は副操縦士を閉め出して七海を操縦席に呼び入れ、セックスに及んだらしいんだよ。いまは、そんなことはできなくなったがな。ＣＡが操縦室には入れなくなったからね」

「ひどい機長がいたもんです。それだけ、七海はセクシーなんでしょうね」

「後で元ＣＡの顔写真をそっちに送るが、捲《めく》れ上がり気味の上唇《うわくちびる》が色っぽいね。まるでキスをせがんでるように見えるんだ。七海に熱く見つめられたら、わたしだって変な気分になってしまうかもしれない」

「参事官がそんなふうに妖《あや》しい気持ちになるんだから、よほど色気があるんでしょう。早く顔写真を見たいな」

「そう急《せ》かすなって。仕事中にまずいことをした不倫カップルの素行は乗務員たちに気づかれて、二人とも解雇された」

「当然でしょうね」

「機長は妻子に軽蔑されて妻に離婚を迫られ、鉄道自殺してしまったそうだ。七海は知り合いが経営してる銀座の画廊の手伝いをしてるとき、客の寺尾議員に見初《みそ》められたそうだよ。そのころ、寺尾は美術品を買い集めてたという話だったな。中高年の男に弱い元ＣＡ

は二世国会議員と親密になっといて損はないと考えたみたいで、あっさり寺尾の愛人になったようだね」

「いまの若い娘《こ》たちは、そのへんの割り切りがいいですね」

「年寄りっぽいことを言うんだな。きみだって、まだ三十九じゃないか」

「今度の誕生日が来たら、もう四十《しじゅう》です。おっさんですよ」

「男の平均寿命は八十ぐらいになったんだから、岩城君はまだまだ若いよ。おっと、話を脱線させてしまったな。草刈七海は大学生のときにコカイン所持で麻布《あざぶ》署に検挙されてるんだよ」

「そうなんですか」

「行きつけのクラブで踊ってるときに顔見知りの女性客に預かってくれと頼まれただけで自分は使用してないと供述も変えなかったんで、書類送検で済んでるんだがな」

「尿検査は？」

「受けたというんだが、陽性反応は出なかったらしいんだ」

「そうですか。コカインの持ち主は見つかったんですかね」

「いや、見つからなかったみたいだよ」

「それなら、草刈七海が自分で使用する目的で所持してたと判断してもいいでしょう」

「そうだったんだろうな、おそらく。いまも元ＣＡが薬物と縁が切れてないなら、岩城君、草刈七海から大きな手がかりを得ることができるかもしれないじゃないか」

「そうですね。麻薬にいったんのめり込むと、なかなか止められません。ことに覚醒剤《シャブ》はドーパミンの作用で性的な快感がいつもの数十倍になった気がするというから、男女ともに恐ろしい薬物を断つことができなくなるんでしょう」

「ああ、そうらしい。寺尾議員が愛人の影響で覚醒剤に溺《おぼ》れてるようだったら、追い込めるね。しかし、そこまで愚かじゃないだろうな」

「わかりませんよ。医師、弁護士、大学教授といった知的職業に就いてる者が覚醒剤の虜《とりこ》になって何人も逮捕されてますからね」

「そうだな。寺尾が麻薬常習者なら、美人検事殺しに関与してるかどうか確認しやすくなるんだが、それを期待するのも変だ」

「ええ」

「電話を切ったら、すぐに岩城君のポリスモードに草刈七海の顔写真《ガンクビ》を送るよ」

神保が電話を切った。

二分も待たないうちに、元キャビンアテンダントの顔写真が送信されてきた。確かに七海は色っぽかった。超美人とは言えないが、男の保護本能をくすぐるような顔立ちだった。

　岩城は参事官から聞いた話を利佳に伝えてから、草刈七海の顔写真を見せた。

「男性に媚《こ》びるような目つきが、わたしは嫌いですね。セクシーだけど、男に気に入られて楽に世を渡るという卑《いや》しさが感じられるんですよ。こういうタイプの女性とは友達になりたくないわ」

「手厳しいな。瀬島、まさか……」

「リーダー、誤解しないでください。わたし、別に妬《ねた》んでるわけじゃありませんよ。男性受けするとは思いますが、この手の女性は苦手なんです。力のある男性に甘えて贅沢したいと願ってるようで、なんか不愉快になっちゃうんですよ」

「そこまで言うと、少しは妬みが入ってるように聞こえるぞ。瀬島のほうがずっと器量がいいし、魅力あるよ」

「こんな女性《ひと》と比較してほしくないな」

　利佳が頬を膨らませた。

　ちょうどそのとき、岩城の上着の内ポケットで刑事用携帯電話《ポリスモード》が着信音を発した。手早くポリスモードを摑み出し、ディスプレイを見る。発信者は佃だった。

「森岡《モリ》さんと一緒に桐谷検事と親しくしてた同性の友人二人にも会いましたが、収穫はゼロでした。捜査資料に記述されてた証言しか得られなかったんですよ」

「そうか。ご苦労さんだったな」

「そちらはどうですか？」

「寺尾の元愛人の今朝丸真弓から新情報を入手できたよ」

岩城はそう前置きして、経過を要領よく話した。

「寺尾が『紅林組』や『大光建設』に真弓のマンションの家賃や愛人手当を肩代わりさせてたんなら、『帝都建設』から五千万のヤミ献金を受け取ってたのは間違いないでしょう」

「ああ、そうだろう」

「仕手集団のボスの及川久志のほうが怪しいと思ってましたけど、桐谷検事を殺《や》らせたのは二世国会議員だったのかもしれないですね。収賄容疑で起訴されて検察側に勝たれたら、すべてジ・エンドです。寺尾は犯罪のプロに立件材料を奪わせてから、美人検事を片づけさせたんでしょうか」

「まだ断定できる段階じゃないな」

「そうですね。自分ら二人はこれから平河町に行って、保釈中の寺尾敏の動きを探《さぐ》ってみようと思うんですが、リーダー、かまわないでしょ？」

「いや、その前にプリウスでこっちに来てくれないか。『乃木坂タワーマンション』の近くで同じスカイラインで張り込みつづけてると、居住者に一一〇番通報されかねないからな」

「そうなったら、面倒ですね。『シャドー』は表向き存在しないチームってことになってますから」

「そうなんだ。佃・森岡班が乃木坂に回ってきたら、おれはプリウスの助手席に坐る」

「リーダーと自分が草刈七海の帰りを待つんですね」

「そう。そろそろ相棒《バディ》を替えたほうがいいだろう。森岡《モリ》さんには瀬島と一緒に平河町に行ってもらって、寺尾と公設秘書たちの動きを探ってもらおうと思ってるんだ」

「わかりました。これから、すぐ乃木坂に向かいます」

佃の声が熄《や》んだ。

岩城はポリスモードを折り畳み、利佳にペアの相手を替えることを告げた。

3

午後八時を回った。

だが、草刈七海はまだ出先から戻ってこない。岩城は灰色のプリウスの助手席で、ビーフジャーキーとラスクを交互に食べていた。張り込み用の非常食だ。

運転席に坐った佃はすでに自分の分を胃袋に収め、缶コーヒーを少しずつ飲んでいる。

森岡と利佳は、寺尾の事務所の近くで張り込み中だ。寺尾と第一公設秘書の泉茂房は事務所内にいるらしい。数十分前まで、寺尾の弁護団の三人がオフィスにいたという報告が森岡から岩城にあった。

三人の弁護士のうち二人は、元東京地検特捜部の検事だった。寺尾議員は検察側の弱点を知っている〝ヤメ検〟を二人も雇って、なんとか有罪判決を避けるつもりなのだろう。

しかし、それは難しいのではないか。検察側は勝ち目があると判断したからこそ、寺尾敏を収賄容疑で起訴したはずだ。

東京地検特捜部の検事は一国一城の主のようなもので、担当事件を起訴するのにいちいち上司の許可を取らなくてもいいらしい。勝算があれば、独自の判断で起訴に持ち込めるそうだ。ただし、それなりの立件材料を揃えた場合に限る。特捜部検事は別格扱いなのだろう。

担当検事だった桐谷恵美は、公判で勝つだけの裏打ちがあったにちがいない。部長や検事次席もそれを知っていたから、異論を唱《とな》えなかったのだろう。

「捜査本部の調べによると、特捜部の由良宗樹《ゆらむねき》部長も財政経済班の田辺耕太《たなべこうた》班長も桐谷検事が担当事案の証拠類をどこに保管してたのか知らなかったということでしたよね？」

　佃が言った。

「そう記《しる》されてたな。検察事務官の須賀瑠衣は、桐谷が証拠類の保管場所は教えてくれなかったと述べてたな。それは寺尾の件に限ったことではなく、仕手集団のボスの及川による金融商品取引法違反の立件材料についても同じだったと調書には綴《つづ》られてた」

「ええ、そうでしたね。リーダー、おかしいと思いませんか。桐谷は若手の優秀な検事だったんでしょうけど、そこまで証拠類を神経質に自分自身が保管しようと思いますかね。そうだったとしたら、上司やコンビを組んでる検察事務官を信用してないってことになるんではありませんか」

「そうだな」

「あっ、もしかしたら、被害者は部長か班長が寺尾議員に抱き込まれて、証拠の類《たぐい》をそっくり抜き取られる恐れがあると考えて職場の人間にはわからない場所にこっそりと隠したのかもしれませんね。それなのに、部長か班長が保管場所を嗅ぎ当てたとは考えられませんか？」

「捜査本部《チョウバ》の連中は当然、そういう疑いも持ったはずだよ。しかし、関係調書には由良部長や田辺班長を怪しんだような記述はなかったぞ」

「ええ、そうでしたね。意地の悪い見方をすれば、寺尾に抱き込まれた由良か田辺が証拠類をこっそり抜き取っていながら、空とぼけたとも考えられなくはないでしょう？」

「東京地検特捜部の検事たちは大物の政治家や財界人の圧力に屈《くっ》しないことを誇りに思ってるにちがいない。金や女を提供されても、そうやすやすとは被告人に抱き込まれたりしないだろう」

「そうでしょうか。だとしたら、桐谷検事は立件材料をどこに隠したんでしょう？　捜査資料によると、検察合同庁舎、九段分室、自宅マンション、実家のどこにも証拠物はなかったと……」

「そうだったな。被害者は見つけにくい場所に立件材料を隠したんだろう。須賀検察事務官も思い当たる場所はないと事情聴取時に答えてるから、意外な所に保管されてるんだと思うよ」

「リーダー、どんな所が考えられますかね？」

「銀行の貸金庫やトランクルームは利用してなかったようだから、桐谷検事は証拠物を旧友に預けたのかもしれないな。あるいは、他人名義で借りた私書箱に隠してあるとも考えられる」

「それとも、駅構内のコインロッカーに入れて毎日違うロッカーに入れ換えてたのかな。

いないかもしれないでも、それは面倒ですね」

「そうだな。おそらく美人検事は寺尾議員が立件材料を誰かに盗み出させるかもしれないという強迫観念があったんで、物証を気づかれない場所に職場から移したんだろう。首相官邸あたりはセキュリティーが万全だと思うが、ほかの官庁は必ずしも……」

「そうですね。警視庁や警察庁ほどセキュリティーは厳しくないでしょうから、職員を装って検察庁合同庁舎や九段分室に潜り込むことは可能かもしれません」

「と思うよ。佃、組対《そたい》五課に親しくしてる奴がいるよな？」

岩城は訊いた。警視庁組織犯罪対策部第五課は、銃器薬物対策を担当している。

ちなみに第一課は外国人の不法滞在・不法就労などを取り締まり、第二課は在日外国人の強盗や殺人事件の捜査をしている。第三課は暴力団の排除を担《にな》い、第四課は暴力団壊滅《かいめつ》を目的とした厳しい取り締まりをする。

偽造パスポートのチェックなどをしている犯罪対策特別捜査も、組織犯罪対策部に属していた。

「何人か親しい奴がいますよ」

「だったら、草刈七海が薬物の捜査対象になったことがあるかどうか問い合わせてくれないか」

と喋りはじめた。

佃がコットンジャケットの内ポケットから刑事用携帯電話《ポリスモード》を取り出した。ほどなく誰か
「了解しました」

通話時間は十分そこそこだった。

「元CAが薬物でマークされたことはないようですね」

「そうか」

「ただ、草刈七海は店内で各種の薬物が密売されてる六本木の『ミラクル』ってクラブによく出入りしてますね。クラブといっても、ホステスのいる店ではありません。DJのいるクラブです。その店は何度も手入れを喰らってるんですが、ほとぼりが冷めるとドラッグの密売人が常連客にエクスタシーやヤーバーを売ってるらしいんですよ」

「七海は検挙されたことはないんだが、いまも薬物に関心があるんだろうな」

「そうなんでしょうね。巧《たく》みな方法で密売人から薬物を手に入れてるとも考えられるな。リーダー、覚醒剤《シャブ》の売人に化けて七海に接触してみましょうか」

「七海を犯罪者に仕立てるのは、もう少し後《あと》にしよう」

岩城は答えた。

チームは情報収集のため、捜査対象者と関わりのある人間を犯罪者に仕立てることがあ

った。二台の覆面パトカーのトランクルームには、覚醒剤の包み《パケ》、各種の刃物、裏DVD、密造銃、ピッキング道具などが入っている。

違法捜査だが、善良な市民に濡衣《ぬれぎぬ》を着せたことはない。犯罪者に仕立てるのは、後ろめたいことをしていそうな男女に限られていた。

プリウスの横を抜けた黒いベンツSL600が『乃木坂タワーマンション』の前に停まったのは午後九時ごろだった。

マンションの照明で、高級外車の車内は透けて見える。運転席には五十歳前後の男が坐っていた。助手席にいるのは、草刈七海だった。

二人は車内でくちづけを交わした。ディープキスだった。

「元CAはパトロンの目を盗んで、ベンツの男にも抱かれてるようだな。七海は相手と泊まりがけで温泉地に出かけてたのかもしれないぞ。な、佃？」

「そうなんですかね。二人が顔を離しました。あっ、あの男は……」

佃が驚きの声を洩らした。

「知ってる奴なんだな」

「関東義友会《かんとうぎゆうかい》の金庫番と呼ばれてる稲葉正午《いなばしようご》、四十九歳です」

「確か関東義友会は首都圏で四番目に勢力を誇ってる暴力団で、構成員は五千人弱だったかな」

「ええ、そうです。稲葉は三年前まで同会の中核組織の折原組《おりはら》の若頭補佐を務めてたんですが、表向きは足を洗ったことになってるんですよ。しかし、商才のある稲葉は折原組の企業舎弟《フロント》三社の経営を任されてるんです。投資顧問会社、不動産会社、重機リース会社をうまく運営して数百億円の年商を稼ぎ出してます」

「ヤー公には見えないな」

「名門私大の商学部出のインテリやくざなんですよ。体に刺青《スミ》も入れてませんから、堅気《かたぎ》に映るんでしょう。でも、筋者《すじもん》です」

「ベンツが走り去ったら、元CAに接近しよう。インテリやくざと浮気してることをパトロンの寺尾にまだ知られたくないだろうから、おれたちの質問には素直に答えると思うよ」

「リーダー、七海に身分を明かしちゃうんですか?」

「いや、最初はゴシップ専門のライターになりすまそう」

岩城は言って、先にプリウスから降りた。

その直後、ベンツの助手席側のドアが開けられた。トラベルバッグを抱えた草刈七海が降り立った。

ベンツSL600が滑らかに走りだした。七海が『乃木坂タワーマンション』のアプローチに向かった。

佃が忍び足で岩城に近寄ってくる。岩城は目顔で佃を促し、七海の後《あと》を追った。

集合インターフォンの前で、七海が立ち止まった。背後に人が迫った気配を感じ取ったらしい。

「元CAの草刈七海さんだね？」

岩城はたたずみ、声をかけた。七海が体の向きを変え、岩城たち二人をまじまじと見た。

「どなたでしたかしら？　ごめんなさい、お二人のお名前を思い出せないの。どこかでお目にかかってるんでしょうね？」

「いや、初対面だよ。国会議員の寺尾敏の愛人でありながら、インテリやくざの稲葉正午と泊まりがけで温泉に行ったようだな」

「稲葉という方は存じ上げません。何か勘違いされてるみたいね」

「とぼけても無駄だよ。少し前にベンツの中で折原組の若頭補佐をやってた稲葉と情熱的なキスをしてるのを見てしまったんだ。キスシーンは動画撮影させてもらった」

岩城はもっともらしく言った。

七海がうろたえ、視線を外した。

「インテリやくざの稲葉に抱かれてることをパトロンの寺尾議員に知られたら、そっちはお払い箱にされるだろう。稲葉も外国人マフィアか、殺し屋に始末されそうだな」

「あなたたちは何者なの⁉」

「ゴシップ専門のフリーライターだよ。おれたちのことをブラックジャーナリストと呼ぶ奴もいるな。パトロンが収賄容疑で起訴されたんで、稲葉に乗り換える気になったのかい？」

「稲葉さんとはちょっとドライブしただけですよ」

「ドライブするだけなら、トラベルバッグは必要ないはずだ。実はおれたち、きのうから稲葉のベンツSL600を尾行してたんだよ」

「それじゃ、奥湯河原《おくゆがわら》のホテルにチェックインしたことも……」

「もちろん、確認済みだ」

岩城は平然と嘘をついた。

「まいったな」

「覚醒剤《シャブ》を体に入れてから、稲葉と睦《むつ》み合ったんじゃないのか。そっちは六本木の『ミラクル』でクラブによく踊りに行ってる。店内で各種のドラッグが売り買いされてることは公然たる秘密だからな」

「わたし、薬物には手を出してないわ」

「おれたちは、そっちが大学生のころにコカイン所持で検挙されたのも知ってるんだ」

「コカインと知らずに、わたし、預かってしまったの。嘘じゃないわ」

「尿検査で陽性と出たわけじゃないが、コカインは自分で使用する目的で持ってたんだろう。もともと麻薬には興味があったからこそ、『ミラクル』に出入りしてたんだろうが？」

「違うわ、違いますよ」

「もう観念しろって。稲葉と親しくなってからは、折原組が扱ってる極上物の覚醒剤《マブネタ》を回してもらってるんだろうが」

「わたし、本当に薬物には手を出してませんよ」

「国会議員の下半身スキャンダルは、どんな男性週刊誌も欲しがるだろうな。寺尾の愛人がインテリやくざと浮気してるんだから、ゴシップ誌は高く種《ネタ》を買ってくれるにちがいない。稲葉に泣きついたって、スキャンダルは揉み消せないぜ。おれたちのバックには、関東やくざの最大組織が控えてるんだよ」

「えっ、そうなの」

「寺尾議員には、もう見切りをつける気になったんですか？」

佃が柔和な表情で、七海に問いかけた。

「有罪判決が下《くだ》ったら、パパと別れることになると思うわ。でも、結審まではパパの世話になりたいの。パパはわたしのわがままをすべて聞いてくれるから、頼り甲斐があるのよね。男性としては稲葉さんのほうがずっと魅力があるけど、素っ堅気じゃないでしょ？」

「あなたの気持ち次第では、政治家絡みのゴシップはどこにも売りませんよ」

「そうしてほしいわ。ここでは相談しにくいから、わたしの部屋に来て」

七海がオートロックを解除し、エントランスホールに入った。岩城たち二人は後に従った。

ホテルのエントランスロビーに似た造りで、清潔感が漂《ただよ》っている。エレベーターは四基もあった。

七海の案内で十一階に上がる。一一〇三号室の間取りは３ＬＤＫだったが、各室が広かった。天井が高い。

岩城たちは居間に通され、リビングソファに坐らされた。七海が手早く二人分のコーヒーを淹《い》れ、岩城に向かい合う位置に浅く腰かけた。ミニスカートから覗《のぞ》く太腿《ふともも》が目を射《い》る。

「駆け引きは好きじゃないんだ。スキャンダルを伏せてやったら、いくら出せる？」

岩城は訊いた。

「わたしが用意できるのは、五百万がやっとだわ」

「話にならないな。裏取引はなしだ」

「ま、待って。なんとか七百万を工面《くめん》します」

「そっちは薬物をやってるはずだ」

「いいえ、やってません」

七海が言って、長袖のシャツブラウスの袖を両肘《りょうひじ》まで捲《まく》り上げた。どちらの腕にも注射だこはなかった。

「炙《あぶ》りか、錠剤型覚醒剤を使ってるようだな。それなら、腕に注射だこはできない」

「長いこと覚醒剤《シャブ》をやってる奴は、ベロの裏に注射するんですよ。女の場合は、小陰唇の内側に注射針を刺してますね。それなら、大きな注射だこができても、まずバレないですから」

佃が岩城に顔を向けてきた。岩城は七海に目をやった。素振りが落ち着かない。

「ちょっと検《しら》べさせてもらいますよ」

佃がソファから腰を上げ、コーヒーテーブルを回り込んだ。笑みを浮かべたまま、両手で七海の頬をきつく挟みつけた。

七海が首を振って、全身でもがいた。しかし、男の力にはかなわない。ほどなく抵抗できなくなった。佃がほくそ笑《え》んだ。

顎《あご》の関節を外された七海は口をあんぐりと開け、喉の奥で唸《うな》りはじめた。佃が口の中に二本の指を突っ込み、丸まっていたピンク色の舌を引っ張り出した。

「案《あん》の定《じょう》、舌の裏側に三つほど注射だこがありました。おそらく局部の花びらの内側にも……」

「検《しら》べてみてくれ」

岩城は指示した。

佃が七海をソファから抱え上げ、フローリングの床に寝かせた。仰向《あおむ》けだった。

七海が目を剝き、ふたたび抗《あらが》った。

佃は片脚で七海の上半身を固定し、ミニスカートの裾を大きくはぐった。パンティーストッキングとデザインショーツを一気に膝まで引き下げ、股を拡《ひろ》げた。

七海が何か言いかけそうになったが、言葉にはなっていなかった。口から涎《よだれ》を垂らしている。

佃が器用に片手で七海の合わせ目を捌《さば》き、指を一センチほど沈めた。

「やっぱり、花弁の内側には注射だこが並んでました」

「そうか。パンストとショーツを引っ張り上げて、顎の関節を元通りにしてやれ」

岩城は言った。

佃が言われた通りにして、七海を元のソファに坐らせた。七海は肩で呼吸し、手の甲で口許を拭った。すっかり観念した様子だった。

「そっちは覚醒剤常習者だな。パケは稲葉から回してもらってるのか？」

「時々ね。でも、普段は複数の売人から手に入れてるの」

「稲葉も覚醒剤をやってるのか」

「ううん、彼はセックスのときに亀頭に白い粉をまぶしてるだけ。尿道から少しは体内に入っちゃうだろうけど、常用はしてないの」

「パトロンの寺尾はどうなんだ？」

「パパは全然……」

「そうか。寺尾はそっちが覚醒剤に溺れてることは当然、知ってるんだな？」

「ええ。でも、わたしの感じ方がすごく鋭くなるんで、やめろと忠告したことはないわね。薬物のことも知られちゃったんだから、二人に一千万円を渡すわ。寝室の耐火金庫にお金が入ってるから、すぐに持ってきます」

「気が変わったんだ。そっちから金は貰わないことにしたよ」

「本当に?」

「その代わり、おれの知りたいことを教えてくれ。寺尾敏は『帝都建設』から五千万のヤミ献金を受け取った容疑で、東京地検特捜部に起訴された。そのことは知ってるな?」

岩城は確かめた。

七海の背後には、佃が突っ立っていた。場合によっては、元CAにチョーク・スリーパーを掛ける必要があると判断したのだろう。

「ええ、知ってるわ。でも、保釈中なんで以前と変わらない生活をしてるの。わたしの部屋にも、だいたい週に二度は来てるわ」

「スタミナがあるな。それはともかく、寺尾を起訴した桐谷という女性検事が三月四日に何者かに殺されたんだが……」

「その事件はマスコミで大きく取り上げられたから、はっきりと憶えてるわ」

「おれたちは、そっちのパトロンが女検事を逆恨みして誰かに片づけさせたんじゃないかと推測してるんだ。そうだったら、有罪判決が下《くだ》される前に寺尾から銭をたっぷり強請《ゆす》れるだろう。そういう気配はうかがえたんじゃないのか?」

岩城は七海を射竦《いす》くめた。強い視線にたじろいだらしく、七海が目を伏せる。

「どうなんだ?」

「パパが誰かに代理殺人を依頼した様子はまったく感じられなかったわ。国交省の副大臣のころからゼネコン各社から賄賂を貰って、『帝都建設』から五千万のヤミ献金をいただいちゃったことは確かだろうけど、担当の女性検事を第三者に始末させるなんてことはできないと思うわ。根は気が小さいの」

「しかし、有罪になったら、寺尾議員は政治家生命を絶たれるわけだ。桐谷検事がどこかに保管してある証拠類を手に入れて口を封じてしまえば、破滅を免れることはできるかもしれない」

「二世議員でそこまで開き直れる男なんていないと思うわ。パパは意気地がないの。威張《いば》ってるけど、本当は弱虫なのよ」

「そうかな。ここの家賃は『帝都建設』が肩代わりしてるんじゃないのか？」

「ええ、そうよ。この部屋は『帝都建設』の資料室ってことになってるの」

「お手当は寺尾が払ってるのかな」

「ええ、現金で百五十万ずつ月々いただいてるの。多分、ヤミ献金の一部をわたしに回してくれてるんだろうな。以前、パパは女性私設秘書にたいがい手をつけて愛人にしてたから、ヤミ献金が政治活動費に遣《つか》われたことは少ないんじゃないかしらね」

「そっちのパトロンは、ただの政治屋だな。インテリやくざとの浮気や覚醒剤《シャブ》のことをゴシップ雑誌に取り上げられたくなかったら、寺尾に余計なことは言わないことだな」

岩城はソファから勢いよく立ち上がった。

七海が安堵《あんど》した顔つきになった。岩城は佃に合図して、玄関ホールに向かって歩きだした。

4

潜行捜査二日目だ。

岩城はアジトの会議室で、三人の部下とテーブルを挟んで向かい合っていた。正午過ぎだった。

昨夜、岩城・佃班は『乃木坂タワーマンション』を出ると、平河町の寺尾議員の事務所に回った。森岡たちペアとポジションを替えながら、深夜まで張り込んでみた。

寺尾が『帝都建設』の役員と接触することを期待していたのだが、そういうことはなかった。二世議員は第一公設秘書の泉と午後十時ごろに近くにあるスタンド割烹《かっぽう》に入ったが、店で誰かと落ち合うことはなかった。

議員と秘書は店に小一時間《こ》いただけで、事務所に戻った。寺尾が第二公設秘書が運転する車で渋谷区南平台《なんぺいだい》にある自宅に帰ったのは、日付が変わる数分前だった。

「寺尾は東京地検の動きを警戒して、癒着してるゼネコン関係者とは会わないようにしてるんじゃないかね」

　森岡が岩城に言った。

「そうなのかもしれないな」

「リーダー、『帝都建設』の役員を追い込んだほうがいいんじゃないのか。第一公設秘書の泉がちょくちょく専務の湯浅信博《ゆあさのぶひろ》と紀尾井町《きおいちょう》の料亭で会ってたことは、捜査本部の調べでわかってるんだからさ」

「そうなんですが、湯浅専務の供述は寺尾議員に経営相談に乗ってもらってるんで、会社は五千万円の経営相談料を払っただけだと……」

「『帝都建設』は、ヤミ献金を寺尾に渡したという認識はないと主張してるな。会社の顧問弁護士の指導で、贈賄罪に問われることをなんとか躱《かわ》そうとしてるんだろう。しかし、そんな言い訳は通用しない。もう寺尾は起訴されてるわけだからさ。『帝都建設』の企業不正をいろいろ知ってると鎌をかければ、専務の湯浅は肚《はら》を括って贈賄の事実を認めそうだがな」

「そうですかね」

岩城は言葉を切って、佃に意見を求めた。

「おまえはどう思う？」

「課長クラスの社員なら、観念するかもしれませんね。ですが、専務となると、そう簡単には落ちないんじゃないですか。ただ、会社の不正よりも個人のスキャンダルを恐れそうですね。湯浅専務に何か醜聞があって、それを暴露されたら、退任させられることは間違いありませんでしょ」

「専務まで出世した人間は、その上の副社長、社長をめざしてると思われる。佃が言うように、企業不正よりも個人の私生活の乱れを暴《あば》かれることのほうを恐れるかもしれないな」

「そう思います。瀬島は、どう思ってる？」

佃が利佳の横顔に視線を注《そそ》いだ。

「わたしも、そう思います。湯浅専務本人に何もスキャンダルはなかったとしても、家族が何か法律を破ってた場合はすごく焦《あせ》るんじゃないですか」

「ああ、そうだろうな」

「リーダー、提案があります」

「提案というのは？」

「古典的な罠《わな》ですけど、寺尾にハニートラップを仕掛けてみたら、どうでしょうか。二世議員は女性の私設秘書にだいたい手を出してるみたいだから、わたし、囮《おとり》になってもいいですよ」

「寺尾の事務所を訪ねて私設秘書として雇ってくれないかと売り込むというシナリオなのか？」

岩城は確かめた。

「ええ、そうです」

「瀬島は美人だから、女好きの寺尾はすぐに採用する気になるだろう。だが、元私設秘書の今朝丸真弓はウグイス嬢のバイトをしてるころにビールに強力な睡眠導入剤を入れられて全裸にされ……」

「レイプされて、淫らな動画を撮《と》られてしまったんですよね？」

「そうだ。それで私設秘書にされて、愛人として囲われるようになった。だが、九年後に寺尾はあっさり真弓を棄《す》てた」

「元ＣＡの草刈七海に夢中になったんで、今朝丸真弓は手切れ金も貰えずに一方的に別れを告げられたということでしたね」

「瀬島が寺尾に力ずくで犯されたりしたら、一生、心的外傷《トラウマ》にさいなまれることになる。

そんなことはさせられないな」

「寺尾の卑劣な手口は予備知識として頭に入ってるわけですから、仮に密室に連れ込まれても、やすやすとレイプなんかされませんよ。逆に寺尾に睡眠導入剤入りのアルコールを飲ませて、強姦未遂犯に仕立ててやります」

「失敗した場合のことを考えると、おまえの提案を受け入れるわけにはいかないな。瀬島は『シャドー』のメンバーなんだ。危険なことはさせられないよ」

「リーダー、やらせてください。わたしの近くに誰かメンバーが常にいてくれて腕時計型の特殊無線機で交信してれば、作戦にしくじることはないと思います」

「いや、危険すぎるな」

「リーダー、瀬島がそこまで言ってるんですから、寺尾敏を罠に嵌《は》めてやりましょう。国会議員が強姦未遂で刑事告訴されそうになったら、取り乱すはずです。収賄よりも、ずっとみっともない犯罪ですからね」

佃が話に割り込んだ。岩城は驚いて、まじまじと佃の顔を見た。口を開きかけたとき、森岡が怒声を張り上げた。

「佃、正気なのか⁉　妹分の瀬島が寺尾に姦《や》られちゃうかもしれねえんだぞ」

「表現がストレートすぎますよ」

「うるせえや。仲間なら、紅一点のメンバーに危ないことはさせたくないと思うのが普通だろうが！」

「きっと瀬島は、うまく二世議員を強姦未遂犯に仕立ててくれますよ」

「失敗《ドジ》ったら、どうするんだっ。瀬島が寺尾に姦られたら、カラオケ嫌いの彼氏は逃げるかもしれないんだぞ。佃が離婚して、瀬島を後妻にしてやるのか？　それだけの覚悟があるのかよっ」

「そんな結果になったら、自分、責任取れそうもありませんね」

佃が困惑顔になった。

「瀬島、そこまで無理することはないって。寺尾敏は捜査本部にマークされたが、心証はシロってことになったんだからさ」

森岡が諭《さと》すように言った。

「だけど、疑わしい点がゼロじゃないんですよね」

「ああ、それはな。だからって、瀬島が体を張ることはないよ。寺尾に姦られちまったら、嫁に行けなくなるかもしれないんだぞ。考え直せって」

「森岡さん、もう少しソフトな言い方をしてもらえません？」

「手込《てご》めにされるかもしれないと言い直そうか」

「古すぎますよ。手込めなんて言葉は、もはや死語でしょ?」

「そうだろうな。とにかく、もっと自分を大事にしろや。姦られてから後悔したって、遅いんだからさ」

「また同じ表現を使いましたね」

「あっ、いけねえ。リーダーも反対しなよ」

「森岡《モリ》さん、瀬島にやらせてみましょう」

岩城は言った。森岡が目を剝《む》いた。

「冗談を言う場合じゃないぞ」

「おれは本気で言ったんだ。瀬島の度胸を買って任せてみようと思ったんです。もちろん、佃に常にそばにいるよう指示しますよ」

「それにしても……」

「二人に腕時計型無線機で連絡を取らせてれば、最悪な結果にはならないでしょう」

「おれにも娘がいるから、瀬島のことが心配でしょうがないんだ」

「森岡《モリ》さんが不安がるのはわかりますが、瀬島は刑事《デカ》なんです。か弱いOLとは違うんですから、うまくハニートラップを仕掛けてくれるでしょう」

「リーダーがそう決めたんだったら、仕方ないか。わかった、もう反対しないよ」

「そうですか」

岩城は言って、利佳に顔を向けた。

「適当な履歴書を用意して、寺尾の事務所に行ってくれ。できれば、色っぽく見えるメイクをしたほうがいいな。それから、脱がされにくいランジェリーを着用したほうがいいだろう」

「ランジェリーはともかく、リーダーの助言通りにします。寺尾がわたしに関心を示して密室に誘い込んだら、ちょくちょく佃さんと交信するようにしますよ」

「ああ、そうしてくれ」

「自分がしっかり瀬島をガードします。寺尾が密室で瀬島にのしかかったりしたら、すぐに取り押さえますよ」

佃が言った。

「頼むぞ。おれと森岡《モリ》さんは『帝都建設』の湯浅専務の私生活を洗って、弱点があったら、それを切札にして追い込む」

「わかりました。車は、どっちを使いましょうか？」

「プリウスに乗ってくれ。連絡は極力《きょくりょく》、密《みつ》に取るようにな。おまえらは先に出てくれないか」

「そうします」

「佃、瀬島を護り抜けよ」

「もちろん、そのつもりです」

「よし、行け！」

岩城は顎をしゃくった。佃と利佳が相前後して椅子から立ち上がり、会議室から出ていった。

「いまの若い娘《こ》は、恐いもの知らずなんだろうな。瀬島が大胆な提案をしたんで、びっくらこいたよ」

　森岡がそう言い、ハイライトに火を点けた。

「心配ありませんよ。瀬島は色仕掛けで、ちゃんと寺尾敏を追い込んでくれるでしょう」

「と思うけどな。けどさ、寺尾は女に関しちゃ抜け目がないようだから、ハニートラップを見抜くかもしれないぜ。それで、怒って瀬島を押し倒し……」

「そうなったら、佃がピッキング道具を使って密室に躍《おど》り込むでしょう。二人が身分を明かせば、寺尾も無駄な抵抗はしなくなるでしょう」

「そう思うことにするよ。それはそうと、捜査本部の調べで湯浅専務の次男の順也《じゅんや》は大学を中退して、家に引き籠《こも》った状態だと記述されてたんじゃなかったっけ？」

「ええ。確か順也は二十六歳で、夜にならないと外に出られないほど自分の殻《から》に閉じ籠ってるようですね」

「引き籠り青年でも、性欲は盛んなはずだ。湯浅順也は深夜に親の家をこっそり出て、夜道で若い女に抱きついたり、他所《よそ》の家の風呂場でも覗き込んでるのかもしれないぞ。あるいは、取り込み忘れたパンティーを盗み回ってるんじゃないのか。司法浪人生がおれの自宅近くにあるコインランドリーから、女物の下着をかっぱらって捕まったんだ、先月な」

「そうなんですか」

「禁欲的《ストイック》な生活をしてる若い男は性欲を持て余してるんだろうから、そうした破廉恥《はれんち》なことをやりかねないぜ。リーダー、湯浅の自宅周辺で順也のことを聞き回ってみようや」

「湯浅宅は新宿区下落合《しもおちあい》三丁目にあったんじゃなかったかな」

「そうだったな、確か」

「行ってみましょう」

岩城はゆっくりと椅子から立ち上がった。

森岡が喫《す》いさしの煙草の火を灰皿の底で揉み消し、急いで腰を浮かせた。二人は、じきに『エッジ』を出た。

地下駐車場に降りる。岩城は先にスカイラインの運転席に乗り込み、エンジンを始動させた。

「職階の低いほうがドライバーを務《つと》めるもんだから、おれが運転するよ」

森岡が助手席のドアを開け、戸惑った表情を見せた。

「森岡《モリ》さんのほうが刑事歴が長いんですから、こっちが運転するのは当たり前です」

「いいのかね」

「妙な気遣いは無用です。どうぞ助手席に坐ってください」

岩城は言った。森岡が助手席に乗り込み、ドアを閉めた。

「どこかで昼食を喰《く》ってから、聞き込みに回ります？」

「リーダーがそうしたいんだったら、つき合うよ。あまり腹は空いてないから、せいろ一枚ぐらいしか喰えないけどな」

「おれも、それほど空腹感は覚えてないんですよ」

「だったら、昼飯は後《あと》にしようや」

「そうしますか」

岩城は覆面パトカーを発進させた。雑居ビルを出て、目白《めじろ》方面に向かう。

湯浅宅を探し当てたのは、およそ三十分後だった。

割に敷地が広く、庭木も多い。二階建ての家屋《かおく》も大きかった。間取りは６ＬＤＫほどではないか。

岩城は、スカイラインを湯浅宅の三軒先の民家の生垣《いけがき》に寄せた。コンビは車を降り、信用調査会社の調査員に化けて聞き込みを重ねた。

湯浅順也が準大手の物流会社の採用試験を受けたことにし、近所の評判を聞き回った。湯浅専務の息子の評判は悪かった。

近所の車を千枚通しでパンクさせたことは一度や二度ではなかった。車体を傷つけられた件数も十件を上回っていた。

順也が器物損壊の常習犯と知りながらも、警察に被害届を出す住民はひとりもいなかったそうだ。父親が被害者宅を回ってタイヤ代を弁償し、土下座までしたらしい。

『帝都建設』の専務の立場を悪くしては気の毒だと同情して、被害者たちは事件を公《おおやけ》にしなかったという話だった。順也は陰湿な犯罪で憂《う》さを晴らしていたのだろう。父親は真面目一方で、私生活にはなんの乱れもないようだ。ただ、出世欲は強いように見受けられたと被害者たちは口を揃えた。

岩城はスカイラインの中に戻ると、グローブボックスからプリペイド式の携帯電話を取りだした。他人名義で購入した物だった。

岩城は『帝都建設』の本社に電話をかけ、湯浅に回してもらった。待つほどもなく、専務の声が聞こえてきた。

「湯浅ですが、どなたでしょうか？」

「自己紹介は省《はぶ》かせてもらう。こっちの質問に正直に答えないと、次男坊の順也が器物損壊容疑で逮捕《パク》られることになるぜ。それにしても、近所の車のタイヤを次々にパンクさせるとは息子はメンタルが完全に歪《ゆが》んでるな」

「あ、あなたは下落合に住まわれてるんですね。賠償額が少ないとおっしゃるなら、誠意を示します。ですんで、出来の悪い倅《せがれ》のことはどうかご容赦ください。そちらのご希望額をおっしゃっていただけないでしょうか」

湯浅が震え声で言った。

「おれはブラックジャーナリストだ。あんたが東京オリンピックに向けた道路や橋の改修工事受注に協力してくれた民自党の寺尾議員に五千万円のヤミ献金を届けたのかい？」

「なんの話をしてらっしゃるんですか⁉」

「空とぼけてると、あんたの次男は本当に手錠《ワッパ》打たれることになるぞ。息子の犯罪が明るみに出たら、あんたは専務の座から引きずり下ろされるだろうよ。それでもいいってわけかい？」

「待ってください。うちの会社は寺尾先生に経営に関するアドバイスをいただいてますので、それ相応の経営相談料をお支払いしているだけですよ。いわゆる賄賂なんかではありません」

「あんたは、自分の子供よりも会社のほうが大事らしいな。わかったよ」

「あっ、待ってください。寺尾先生に差し上げた五千万円は法的には贈賄になるのかもしれません。それだから、先生は東京地検特捜部に起訴されたんでしょう」

「やっと認めたか。寺尾を起訴した桐谷という女検事は三月四日の夜、何者かに殺された。美人検事を亡き者にした首謀者は寺尾なのか？　それとも、『帝都建設』が汚れ役を引き受けたのかっ」

「当社は、その事件には一切タッチしてない。警察は寺尾先生を少し疑ったようですが、もう嫌疑は晴れてるはずですよ。先生も凶悪な犯罪には手を染めてないと思います」

「あんたが喋ったことが嘘だったら、次男は器物損壊容疑で確実に起訴されるからなっ」

「会社も先生も、女性検事殺しには絶対に関わってませんよ」

「そうかな」

岩城は先に電話を切って、通話内容を森岡に伝えた。

「次男のことで威《おど》しをかけられた湯浅は、本当のことを喋ったと受け取ってもいいような気がするね。リーダーはどう感じたのかな？」

「森岡《モリ》さんと同じ感触を得ました」

「そう。寺尾は賄賂を受け取っただけで、殺人事件には絡んでないんだろうな」

「ええ、多分ね」

岩城はプリペイド式の携帯電話をグローブボックスに突っ込んで、シートベルトを掛けた。

数秒後、上着の内ポケットで刑事用携帯電話《ポリスモード》が着信音を響かせた。岩城はポリスモードを摑み出した。発信者は佃だった。

「瀬島は面談で寺尾に気に入られて、すぐに私設秘書として採用されました」

「それで？」

「寺尾は待遇なんかのことを決めたいからと言って、瀬島を平河町にあるシティホテルのツインベッドの部屋に連れ込んだんですよ。まんまとハニートラップに掛かったわけです」

「その後、どうしたんだ？」

「入室して間もなく、瀬島が悲鳴をあげたんです。寺尾が瀬島を抱き締めたと感じ取ったんで、部屋に突入しました。瀬島に急所を蹴り上げられた国会議員は両手で前を押さえて、ベッドの下で転げ回ってましたよ」

「瀬島とおまえは刑事であることを明かしたんだな？」

「ええ。それで強姦未遂で緊急逮捕すると告げたら、寺尾敏は蒼《あお》ざめました。『帝都建設』から五千万のヤミ献金を貰ったことは認めましたが、桐谷検事の事件には関与してないと繰り返すばかりで……」

「苦し紛《まぎ》れに嘘をついているような様子は？」

「それはまったく感じませんでした」

「瀬島も、そういうふうに受け取ったのかな？」

「ええ、心証はシロだと言ってました。寺尾が公設秘書たちに命じて、桐谷検事が保管してたと考えられる立件材料を奪わせた疑いもありませんでした」

「捜査本部の判断は正しかったんだろう」

「リーダー、寺尾をどうしましょう？　別働隊に身柄《ガラ》を引き渡して強姦未遂犯に仕立ててもいいんですが……」

「地検送りにしたら、『シャドー』のことも検察に探《さぐ》られることになる。肩の関節を外して、少しのたうち回らせてやれよ」

「了解！」

「いったん『エッジ』に戻ってくれ。今度は仕手集団のボスの及川を追い込む作戦を練ろうじゃないか」

岩城は通話を切り上げ、ポリスモードを折り畳んだ。

第三章　謎の犯行声明

1

エレベーターが停まった。

五階だった。中央区日本橋兜町《にほんばしかぶとちょう》一丁目の外れにある雑居ビルだ。『及川エンタープライズ』のオフィスは、この階にある。

岩城は佃と一緒に函《ケージ》から出た。二人とも色の濃いサングラスで目許《めもと》を隠し、特殊メイクも施していた。関西の極道を装って、及川久志の右腕の皆木正紀《みなきまさのり》を揺さぶってみることになっていた。

皆木がオフィスにいることは、偽電話で確認済みだった。午後七時を過ぎている。

『シャドー』のメンバーはいったんアジトに戻り、仕手集団のボスを洗い直してみることにしたわけだ。

　及川は保釈になってからは、週に一度程度しか自分のオフィスに顔を出していない。きょうも、世田谷区成城《せいじょう》五丁目にある自宅にいる。森岡と利佳は及川宅に張りついているはずだ。

　岩城たちは、エレベーターホールの左手にある『及川エンタープライズ』に向かった。事務所内には五十二歳の皆木のほかに、数人の社員がいるのだろう。

　岩城はノックもしないで、『及川エンタープライズ』のドアを荒っぽく開けた。

　出入口近くの事務フロアには八卓のスチールデスクが並んでいた。机に向かっているのは、三十代半《なか》ばの男性社員だけだった。

「どちらさまでしょう？」

「大阪の浪友会《ろうゆうかい》の者《もん》や。皆木は奥におるんやろ？」

　岩城は訊《き》いた。

「ご用件をおっしゃっていただけますか」

「やっかましいわい。わしの質問に素直に答えんと、いてこますぞ」

「しかし……」

「皆木はどこや？」

「お、奥におります」

「案内せえ」

「は、はい」

男が椅子から立ち上がって、奥に向かった。岩城たちは後《あと》に従った。

男が社長室のドアをノックする。

「平井《ひらい》です。皆木副社長にお客さんです」

「どなたなんだ？」

「それが……」

「平井、なんで口ごもったんだよ」

ドアの向こうで、皆木が訝《いぶか》しんだ。

岩城は平井と名乗った男を社長室に押し入れ、自分もすぐさま入室した。佃が倣《なら》う。

皆木は両袖机の前の応接ソファに腰かけ、株の専門紙を拡《ひろ》げていた。白髪《しらが》混じりで、体格は悪くない。

「わしら、浪友会の者や。及川が主宰しとる株式情報サイトのコラムを信用してたさかい、二、三百円台だった大証一部の化学会社と東証《とうしょう》一部の専門商社の株を大量買いしたんや。株価がぐんぐん上がったんで、及川が推《お》してた婦人服販売会社と樹脂フィルム製造会社の株も大量に買《こ》うた」

「その四銘柄はピーク時には株価が二千円近くまでつり上がりました」

「そうやったけど、わずか二カ月足らずで大幅にダウンして、どの銘柄も株価は百円を割ってもうた」

「うまく売り抜けなかったんですか⁉ 株はあまり欲を出すと、必ず火傷《やけど》します。及川はコラムで毎回、そう忠告してたはずですがね」

「大相場に発展する可能性もある思うたんで、売り急がなかったんや。そのうち、あっという間に四銘柄は下落しおった。焦ったで、ほんまに」

「タイミングを外してしまったんですね。お気の毒に……」

「関西の極道をなめんやない。及川は風説の流布《るふ》を仕組んで、相場操縦をしたんやろ？ そんで、自分らは百億円以上も儲けよった。根拠のないコラムの書き込みを信じた一般投資家たちは大損した。浪友会《うち》の損失額は十八億やぞ。な、そうやったよな？」

岩城は佃を顧《かえり》みた。

「そうですわ。財テクを任されてた舎弟頭は浪友会の資産を減らしたことに責任を感じて、先代の会長の墓前でこめかみを撃ち抜いて自殺してもうた。わし、あの方にはえろう世話になったんですわ」

佃が芝居っ気たっぷりに言って、涙ぐんで見せた。皆木が目を逸《そ》らす。

「わしの舎弟の顔をちゃんと見んかいっ」

「株の売り買いにはリスクが伴《ともな》うもんです」

「おい、皆木！　その言い種《ぐさ》はなんや。及川が相場操縦せんかったら、一般投資家たちが大損することはなかったんやぞ」

「株取引は一種の博打《ばくち》ですから、そう言われても……」

「ふざけたことを抜かしおって。浪友会の損金をそっくり『及川エンタープライズ』に弁済してもらうで。ええなっ」

「無理ですよ。及川は東京地検特捜部に金融商品取引法違反で起訴されて、東京地裁に約八十億の財産を凍結されてしまったんですから。もう金はほとんどありません」

「相場操縦の疑いで起訴されて、現在、及川が保釈中だってことはわかってるわ。それから、及川は桐谷いう担当検事を誰かに始末させた疑いを持たれて警察にマークされてたことも知ってるで」

「及川は女性検事殺しには関わってませんよ。その疑いはもう晴れてるんです」

「及川は金の亡者やさかいにおよそ八十億円の財産を凍結されたことで、東京地検特捜部の女検事を逆恨みしてたんやろう。参謀や社員たちに気づかれんようにして、殺し屋《プロ》に桐谷いう女検事を始末させたのかもしれんで」

「そんなことは考えられない」

「殺人依頼したかどうかはどうでもええんや。とにかく、浪友会の損失金を及川の有罪判決が下される前に払《はろ》うてもらうで」

「本当に『及川エンタープライズ』には内部留保がないんですよ。だから、おたくの要求は呑《の》めません」

「何がなんでも払《はろ》うてもらう。及川の成城の自宅をすぐ売却するんや。内部留保はなんぼあるねん？」

「それは言えない」

「ほな、言えるようにしたるわ」

岩城は薄く笑って、腰のテイザー銃を引き抜いた。

「そ、それは高圧電流銃《スタンガン》じゃないか」

「ただのスタンガンやないで。五万ボルトの電流を連続的に送りつづけられるんや」

「わたしをどうする気なんだ⁉」

皆木が頬を引き攣《つ》らせ、ソファから立ち上がった。

岩城は電線ワイヤー付きの砲弾型電極を皆木の腹部に撃ち込み、引き金を絞り込んだ。

皆木がのけ反《ぞ》ってソファに腰を落とし、すぐに床に前のめりに倒れ込んだ。全身の筋肉を硬直させ、四肢《しし》をばたつかせはじめた。

佃が逃げようとした平井の背中に砲弾型電極を撃ち込み、五万ボルトの電流を送った。平井が昏倒《こんとう》し、長く唸った。しばらく身動きもできないだろう。

岩城は頃合を計って、電線ワイヤーを脱着させた。

テイザー銃を腰に戻し、ショルダーホルスターからグロック32を抜く。薬室《やくしつ》には、すでに初弾を送り込んであった。マガジンクリップには、ちょうど十発装弾してある。

佃も電極発射型の高圧電流銃を仕舞《しま》い、シグ・ザウエルＰ230Ｊ《ジェイ》を握った。平井が全身をわななかせはじめた。

岩城は応接ソファに坐り、グロック32のスライドを引いた。銃口を腹這《ば》いになっている皆木の後頭部に密着させる。皆木が目を剝く。

「わたしと平井を撃つつもりなのか⁉」

「このわしを怒らせたら、そうなるで。『及川エンタープライズ』の内部留保はなんぼかちゃんと答えんかい！」

「十五、六億はあるんだが、その大半は英領バージン諸島にある別会社の口座に移してあるんだ」

「タックスヘイブンに儲けた金をプールして、税金を逃れてるわけや?」

「そういうことになるね」

「及川久志は、異常なほど銭に対する執着心が強いんやな。そういう野郎は、たいがい女も好きなもんや。及川も何人か若い女を囲ってるんやないんか?」

「いまは、二人の愛人の世話をしてるだけだよ。若いころは五人も彼女がいて、順ぐりに愛人宅に泊まってたんだが……」

「ようスタミナがつづくな。怪物やで」

「バイアグラの力を借りて彼女たちを満足させてたようだが、うちの大将は金と女に目がないんだ。極貧家庭で育って容姿コンプレックスもあったんで、どちらにも貪欲《どんよく》になったんだろうね」

「『及川エンタープライズ』の資産は、浪友会がそっくりいただくで。及川は成城の自宅のほかに、いろいろ不動産を所有してるんやろ?」

「箱根と軽井沢にそれぞれ別荘を持ってて、都内に商業ビルと賃貸マンションを所有してる。自宅以外の不動産は身内や友人の名義になってるが、実質的なオーナーは及川の大将だよ。一時は自家用ヘリや大型クルーザーも所有してたんだが、国税局に目をつけられたんで手放したんだ」

「二人の愛人は、若くていい女なんやろ?」

「どっちも女優並の美人で、プロポーションも申し分ないね」

「その二人を浪友会《うち》でやってる風俗店に落としてやってもええな。さんざん稼がせてから、若い衆たちの公衆便所にしたろか。及川の相場操縦で浪友会《うち》は大損させられたんやから、損金の補塡《ほてん》だけや済まんで」

「そこまで搾《しぼ》り取る気だったら、大将も黙ってないだろう。及川は一応、堅気だが、関東の大親分たちをよく知ってるんだ」

「上等やないけ。及川が関東のやくざに助《ス》けてもろう気やったら、浪友会《うち》もおとなしくしてないで。神戸の最大組織は分裂してもうたが、浪友会はどっちとも友好関係にあるんや。関東の御三家が束《たば》になっても、ちっとも怖くないで」

「東西戦争の火種《ひだね》を蒔《ま》いたら、大将の立場が悪くなるな。落とし所はないのかな」

　皆木が打診した。

「どう落着《オトシマエ》をつける気なんや?」

「大将も一億ぐらいなら、浪友会に払う気になると思うな」

「たったの一億やて!?　冗談やない。いま及川は成城の家におるんやな?」

「いるはずだよ」

「そやったら、及川に電話してオフィスに呼び出せや。わしが直《じか》に話をつけるさかいに」

「それは勘弁してくれないか。わたしが大将に叱られることになる」

「わしの言う通りにせんかったら、ほんまに撃つで！　それでも、ええんかっ」

「やめろ！　撃たないでくれーっ」

「死にとうなかったら、すぐ及川に電話するんや」

岩城は皆木の肩口を乱暴に掴んだ。

皆木がのろのろと起き上がり、ソファに腰を落とした。溜息《ためいき》をつく。岩城は急《せ》かした。

「早《はよ》う電話せんかいっ」

「わかってるよ」

「もたもたしとったら、片方の腿《もも》に一発見舞うで」

「気を鎮《しず》めてくれないか」

皆木が上着の内ポケットからスマートフォンを取り出し、及川に連絡を取った。

電話が繋がった。岩城は耳に神経を集めた。

「大将、厄介《やっかい》なことになりました」

皆木が切迫《せっぱく》した声で、及川に報告した。当然ながら、及川の声は岩城には届かない。

「大阪の浪友会の者が二人で事務所に乗り込んできて、相場操縦のせいで損失を出した金をそっくり補塡しろと凄《すご》んでるんですよ」

「…………」

「損失額ですか？　約十八億だと言ってます。ええ、確かに大将は今年の出世株として例の銘柄を株式情報サイトで紹介しただけですよね」

「…………」

「投資家たちに推奨株《すいしょうかぶ》を買えと強要したわけではありませんけど、こちら側にも後ろめたさはあるでしょ？」

「…………」

「何って、風説を流布して株価をつり上げて大量の所有株を高値のときに売却し、百億円以上の売却益を得たことですよ」

「…………」

「ええ、顧問弁護士は投機的な株取引を繰り返しても別に罪にはならないと言ってますよね。ですけど、不正に株価をつり上げた事実は消しようがないでしょ？」

「…………」

「わたしにうまく対処しろと言われても、相手は関西の極道たちなんですよ。百万程度の車代を渡しても、引き揚げてくれっこないでしょう」

「…………」

「大番頭なら、それぐらいの才覚を見せろとおっしゃいますが、二人とも拳銃を持ってるんですよ。いいえ、モデルガンなんかじゃありません。真正銃《しんせいじゅう》です」

「…………」

「わたしと平井はテイザー銃で昏倒させられたんですよ。えっ、知らないんですか。五万ボルトの高圧電流を連続してターゲットに送ることができる強力なスタンガンのことです」

「…………」

「ただの威《おど》しなんかじゃないでしょう。どっちも堅気じゃないんですよ。ええ、そうです。すぐに大将をオフィスに呼べと脅迫されたんです」

「…………」

「大将は、わたしや平井が撃たれて死んでもかまわないと思ってるんですか⁉　そうじゃないなら、急いでこちらに来てくださいよ」

「…………」

「顧問弁護士と一緒だったら、相手を怒らせることになるでしょう。大将一人で来てください。お願いします」

「………」

「わたしたち二人を見殺しにするんですか⁉」

皆木が声を裏返らせた。

岩城は皆木のスマートフォンを奪い、自分の右耳に当てた。

「わし、浪友会の小西《こにし》いう者《もん》や。ぐずぐず言っとらんで、早《はよ》う来いや。無視《シカト》しくさったら、皆木と平井の二人は射殺するで。それから、おのれの全財産をせしめて二人の愛人を売っ飛ばすぞ。その前に若い者《もん》に飽《あ》きるまで輪姦《マワ》させたるわ」

「そんなことはしないでくれ。株式情報サイトに書き込んだ推奨株は本当に大化けすると思ったんだよ。予想外に株価が下がったんで、わたしも慌《あわ》てた」

「もっともらしいことを言うんやない。おのれは相場操縦して、まんまと短期間に百億以上も儲けたやないか」

「けど、わたしを起訴した東京地検が没収保全命令の請求を東京地裁に出したんで、およそ八十億の財産を凍結されてしまったんだよ。没収保全金のほとんどは返却されないだろう」

「知らんわ、そないことは」

「浪友会が大損したという話だから、ある程度の迷惑料は払うよ」

「とにかく、大急ぎでオフィスに来るんや。三十分だけ待ったるわ」

「成城から日本橋まで車を飛ばしても、三十分以内じゃ無理だよ。一時間以内には必ず事務所に行く」

「ええやろう。一時間待ったるわ。おのれは相場操縦の有罪判決で事が済む思ってるんやろうけど、そうはいかんで」

「どういう意味なのかね？」

及川が問いかけてきた。

「わしな、元刑事の探偵に三月に殺された東京地検特捜部の桐谷恵美いう検事の事件を調べさせたん。女検事はおのれを起訴したんやろ？」

「そうだが、それがなんだと言いたいんだっ」

「桐谷検事に起訴されんかったら、相場操縦で荒稼ぎした巨額はいまごろ英領バージン諸島のペーパーカンパニーの口座にプールされてたんちがう？」

「皆木は、そんなことまで喋ったのか。なんて奴なんだ。見損なったたな」

「わしらは、丸腰やないんやで。拳銃《チャカ》を突きつけられたら、口も軽《かろ》うなるんやないか」

「それにしても……」

「話が逸《そ》れてもうたな。おのれは起訴されたんで、だいぶ女検事を逆恨みしとったんやろ？　雇った探偵がおのれの周辺の者たちからそういう証言を得てるんや」

「そりゃ、恨みたくもなるじゃないか。大きな儲けがフイになったんだからな」

「頭にきたんで、女検事を交通事故に見せかけて始末させたんやないのか。元刑事の探偵はそう推測してたで。わしも、そう思うとるわ。殺人教唆《きょうさ》がプラスされたら、おのれは六、七年は服役せなならんやろうな」

「わたしは女検事の死には関わってないぞ。警察にも怪しまれたが、もう捜査対象から外されてる」

「その話も含めて後《あと》でじっくり喋ろうやないか。できるだけ早く来いや」

岩城は電話を切り、スマートフォンを皆木に返した。

「大将は一時間以内には、こちらに来るんだね」

「そういう約束やから、現われるやろ」

「来るかな。大将はエゴイストだから、他人《ひと》のことなんか気にかけてないんじゃないだろうか」

皆木が不安を洩らした。

岩城は黙殺し、怯《おび》えた様子の平井を皆木のかたわらに腰かけさせた。ハンドガンを構えた佃が皆木たち二人の背後に立つ。

岩城は五、六分過ぎてから、さりげなく社長室を出た。事務フロアの隅まで歩《ほ》を運び、森岡のポリスモードを鳴らす。

岩城は通話可能状態になると、かいつまんで経過を伝えた。

「そういうことなら、及川は間もなく自宅を出て日本橋の事務所に向かうな。おれたち二人は及川の車を追尾して、リーダーたちと合流するよ」

「そうしてください。森岡《モリ》さん、及川が自宅を出たら、一応教えてほしいんですよ」

「わかった」

森岡が電話を切った。

岩城はポリスモードを懐に収めて、社長室に戻った。佃は平井と向かい合う位置に坐って、シグ・ザウエルP230Jを膝の上に置いていた。

岩城は佃の横のソファに腰かけ、グロック32をコーヒーテーブルの端に置いた。言うまでもなく、手前側だった。

十分が流れ、三十分が経過した。

それでも、森岡から電話はかかってこなかった。及川は恐怖に克《か》てなくて、約束を破る気になったのか。あるいは、初めから命令に従う気などなかったのだろうか。

やがて、五十分が過ぎ去った。

「大将はビビって、ここには来ないつもりなのかもしれない」

皆木が岩城を見ながら、憮然《ぶぜん》とした表情で言った。

「ビビったんやのうて、荒っぽい助っ人を集めるのに時間がかかってるんやないか」

「大将は半グレか破門やくざを掻《か》き集めて、おたくらを撃退させる気なのかな」

「そうやったら、おのれら二人は弾避《たまよ》けになってもらうで」

岩城は不敵に笑って、セブンスターと簡易ライターを上着のポケットから掴み出した。

2

タイムリミットが迫った。

あと数分で、約束の一時間に達する。社長室の空気が重ったるい。

「及川は、ここには来んな」

岩城は、コーヒーテーブルの向こうに坐った皆木に話しかけた。

「大将は、わたしと平井を見捨てたにちがいないよっ。平井はともかく、わたしは二十年以上も及川に仕《つか》えてきたんだ。私文書偽造の罪を被ってやったこともあるのに、なんて冷たい人間なんだ」

「人を見る目がなかったってことやな」

「大将とは、もう袂《たもと》を分かつ。平井、わたしが独立したら、従《つ》いてこい。悪いようにはしないよ」

「自分、皆木さんに従《つ》いていきます。及川社長には失望しました」

「わたしも同じだよ。四、五人の社員連れて、独立してやる」

皆木は憤《いきどお》ろしげに言った。

ちょうどそのとき、岩城の懐で刑事用携帯電話《ポリスモード》が着信音を響かせた。卓上のグロック32を摑み上げ、すぐに立ち上がる。

岩城は社長室を出て、拳銃をホルスターに戻した。事務フロアの端に向かいながら、上着の内ポケットからポリスモードを取り出す。電話をかけてきたのは森岡だった。

岩城は事務フロアの隅で立ち止まり、ポリスモードを左耳に押し当てた。

「及川は家《ヤサ》から出てないんですね？」

「そうなんだ。おそらく犯罪のプロに連絡して、リーダーと佃を生け捕りにさせる気なんだろうな。それらしい人影が接近した様子は？」

「そういう気配はうかがえませんね。しかし、そのうち魔手が迫りそうな気もするな」

「リーダー、おれたちは急いで『及川エンタープライズ』に行くよ」

森岡が言った。

「いや、そのまま張り込みを続行してください。皆木の話だと、及川は箱根と軽井沢に別荘を持ってるらしいんです。そこに逃げ込むかもしれないんでね」

「おれと瀬島は、及川が外出したら、尾ければいいんだな？」

「ええ、そうしてください」

「わかった。リーダー、油断しないほうがいいぞ。及川は強《したた》かな前科者を雇って、リーダーと佃を取っ捕まえさせる気でいるにちがいないよ」

「もちろん、気は緩《ゆる》めません。及川に何か動きがあったら、すぐ教えてください」

岩城は通話を切り上げ、大股で社長室に戻った。

「弟分か誰かが大将の自宅を見張ってるようだね」

皆木が岩城に声をかけてきた。

「ああ、そうや。及川は、まだ成城の家におるそうやで」

「やっぱり、思った通りだったか」

「及川に雇われた奴が、じきにここにやって来るやろう。待ち伏せして、そいつを逆に生け捕りにしたるわ」

「わたしと平井を解放してくれないか」

「駄目や。まだ弾避けが必要やさかい、もう少しつき合《お》うてもらうで」

「大将に雇われた者を捕まえたら、そいつも弾避けにする気なんだろうな」

「そうや。人質が三人おったら、及川は渋々、自分のオフィスにやってくるやろ」

岩城は皆木と平井の背後に回り込み、佃に目配せした。

佃が小さくうなずき、すっくとソファから立ち上がった。シグ・ザウエルP230Jを握って、社長室を出ていった。

事務フロアの死角になる場所に隠れ、襲撃者を押さえる段取りだった。言葉で指示しなくても、以心伝心《いしんでんしん》で佃は理解できただろう。

「大将は、おたくを生け捕りにさせて関東の大物やくざに交渉役を頼んで浪友会の会長と話をつける気なんだろうか」

皆木が言った。

「そのつもりかもしれんけど、そない手を使《つこ》うたら、まとまる話もまとまらんわ。浪友会《うち》の会長も、及川のあざとい商売には腹を立てとるんや。関東の顔役の誰かが仲裁に入っても、手打ちは無理やな」

「話がこじれたら、浪友会は及川を闇に葬《ほうむ》るかもしれないんだね？」

「そうなるやろな。組織の者《もん》に及川を殺《や》らせたら、面倒なことになる。そやさかい、全国の親分衆に絶縁状を回された元武闘派やくざか外国人マフィアを雇うことになるはずや」

「だろうね。そこで、相談があるんですよ」

「何や？」

岩城は問いかけた。

「浪友会が火傷《やけど》した約十八億を補塡はできませんが、三億ぐらいはわたしが用意できますんで、及川の大将を始末しちゃってくれませんかね」

「及川が死んだら、仕手集団の新しいボスになるつもりやな？」

「ええ、まあ。わたしもいろいろノウハウを持ってますんで、株価をつり上げる手はほかにもあるんですよ。社名は変更するが、スタッフをそのまま引き連れて大将の後釜になったほうが楽だからね。どうです？」

「抜け目のない奴《や》っちゃな。そない話には乗れんわ。こうなったら、浪友会《うち》は及川を丸裸にして、この世から消したる」

「五億でも駄目かな？」

「わしら、十八億も損失を出したんやで。まるで話にならんわ」

「そうですか」

皆木が肩を落とした。すると、平井が皆木に話しかけた。

「及川社長を片づけてもらって、皆木さんが束ねる新しい仕手集団を浪友会の企業舎弟《フロント》と同格にしてもらってですね、儲けの四十パーセントを上納してはどうでしょうか？　バックに浪友会が控えてたら、経済マフィアやブラックジャーナリストは近づいてこなくなると思うんですよ」

「なるほど、そういう手もあったのか」

「上納金九十パーセントなら、わしが会長に話を持ってってもええぞ。どや？」

岩城は言って、皆木の右肩を叩いた。

「そんなに搾取《さくしゅ》されるんだったら、メリットがなくなる。提案したことは聞かなかったことにしてもらいます」

「あんたも、欲深やな」

「どっちが強欲なんですっ。九十パーセントのカスリを払えなんて、まるでやの字だ」

「おい、わしらは大阪の極道やぞ」

「そうだったな。わたしとしたことが……」

皆木が自嘲した。

それから間もなく、事務フロアで人の揉み合う音がした。及川に雇われた無法者が『及川エンタープライズ』に忍び込んだのだろう。

佃は首尾よく敵の者を押さえつけてくれたか。あるいは、人質に取られてしまったのだろうか。後者かもしれない。

岩城はグロック32をホルスターから引き抜いた。銃把《グリップ》をしっかと握る。

一分も経《た》たないうちに、社長室のドアが開けられた。

両手を高く掲《かか》げた黒人の大男が入ってくる。その後ろには、佃がいた。右手にシグ・ザウエルP230Jを持ち、反対側の手には麻酔ダーツ銃と思われる物を握っている。

「そいつは、及川が差し向けた奴やな？」

岩城は佃に確かめた。

「そう言うとります。麻酔ダーツ銃を持ってたんで、すぐに取り上げましてん」

「でかした。どこの国の者やて？」

「ナイジェリア人だそうですわ。本名は長ったらしいんで、マイクと名乗っとるみたいやね」

佃が答え、大柄な黒人の両膝を落とさせた。グローブのような手を頭の上で重ねさせる。

マイクと名乗った男は観念した様子で、おとなしく佃の命令に従った。

まだ二十代の後半なのではないか。黒い肌には張りがあった。歯がやけに白く見える。

肌が黒褐色《こっかっしょく》だからだろう。

岩城は拳銃を構えながら、自称マイクに近寄った。

「日本語、喋れるんか?」

「難しい会話はできないね。でも、日常的な話はできるよ」

黒い肌を持つ大男が癖のある日本語で答えた。少したどたどしいが、充分に聞き取れた。

「ナイジェリア人のマフィアが歌舞伎町に五、六十人いるそうやないか。そのメンバーなんやな?」

「わたし、以前は新宿のグループに入ってたね。でも、年上のメンバーがつき合ってるジャパニーズ・ガールにちょっと……」

「ちょっかい出したんやな?」

「その日本語、よくわからない」

「メンバーの彼女をナンパしたんやろ?」

「そう、そうね。リサさん、いつもトムというメンバーにお金をせびられてた。トムというのはニックネームよ。ナイジェリア人の名前、日本の人にはちょっと憶《おぼ》えにくい。だから、三つ年上のメンバーはトムという名前使ってるね」

「リサって娘《こ》に同情してるうちに、おまえは相手に惚《ほ》れてもうたんやな？」

「そう。あなた、勘いいね。素晴らしいよ」

「リサとこっそりつき合《お》うてることを先輩のメンバーにバレてもうたんやな？」

「そうね。リサさん、トムに殴られて栃木の田舎に帰っちゃった。ネイルサロンで働いて、いつか自分の店を持ちたがってたね。でも、新宿にいられなくなったよ」

「おまえはトムって奴にヤキ入れられたんちゃうか？」

「わたし、さんざん殴られた。それだけじゃなかったよ。男根《コック》をライターの炎でちょっと炙《あぶ》られた。リサさんとセックスした罰ね」

「そんなことで、グループにいられなくなったんか」

「あなたの言った通りね。わたし、やくざの手伝いをしたり、キャッチバーの用心棒やってた。でも、それだけではリッチになれない。だから、裏仕事で拉致《スナッチ》を請け負うようになったよ」

「拉致《らち》屋を裏仕事にしてる奴がおったんか」

岩城は驚きを隠さなかった。アメリカにプロの子供《チャイルド・スナッチ》さらいがいることは知っていたが、日本で拉致を請け負う者がいるとは想像だにしていなかった。

「わたしが考えたニュービジネスね。同業者がいるかどうか知らない。ネットの裏サイトを見た依頼人はびっくりするほど多かった」

「どんな連中が依頼してくるんや？」

「貸した金を踏み倒された人、それから別れた彼女に未練がある男や元夫から自分の子供を取り戻したいマザーが依頼してくる。ストーカーや脅迫者を生け捕りにしてくれという依頼人《クライアント》も増えたよ」

「及川久志が裏サイトを通じて、わしらを拉致してくれと頼んだんやな？」

「それ、正確じゃない。及川さんは自分のオフィスで二人の社員を軟禁状態にしてる関西のやくざたち《ギャングスター》を麻酔ダーツ弾で眠らせてくれと頼んできたね。だから、拉致《スナッチ》とは違う。でも、いつも標的を麻酔ダーツ弾で眠らせてから車に乗せてるよ。正確にはスナッチじゃないけど、馴《な》れた仕事ね」

「麻酔ダーツ弾の予備は持ってるんやろ？」

「ジャケットの右ポケットに二発入ってる」

自称マイクが右手を頭から離し、二発の麻酔ダーツ弾を摑み出した。それを受け取り、岩城は佃に手渡した。

「わたし、あなたたち二人を眠らせたら、及川さんに電話することになってた。及川さん、あなたたちをどこかの組の者たちに半殺しにしてもらうと言ってたね。でも、詳しいことは喋ってくれなかった」

「及川に電話して、わしら二人に麻酔ダーツ弾を撃ち込んで眠らせたと言うんや」

「けど、それは嘘でしょ？」

「ええから、言われた通りにするんや。わしに逆《さか》らいよったら、頭をミンチにしてまうぞ」

「本当にシュートする気？」

「ああ、撃ったる」

「それ、困る。わたし、まだ死にたくないよ。日本でたくさんお金稼いで、マザーに新しい家をプレゼントする約束してるね」

「そやったら、早《はよ》う電話せんか」

「いま、コールするよ」

自称マイクがパーカの内ポケットからスマートフォンを取り出し、及川に電話をした。

ほどなく電話は通じた。

「わたし、マイクね。頼まれたことはちゃんとやったよ。浪友会の二人、完全に眠ってる」

「………」

「人質の社員たちを帰らせて、わたし、ここで待ってればいいのね。わかった。及川さんが到着するまで、大阪のやくざをちゃんと見張ってるよ」

「…………」

「及川さん、約束の五十万持ってきてくれる？　お願いします」

ナイジェリア人が通話を切り上げ、スマートフォンをパーカの内ポケットに突っ込んだ。

「兄貴、もう弾避けはいらないやないですか？」

佃が岩城に声をかけてきた。

「そうやな。三人とも眠ってもらおうやないか」

「そのほうがええと思います」

「やってくれや」

岩城は指示した。

佃が少し退《さ》がって、自称マイクの首に麻酔ダーツ弾をめり込ませた。黒人の大男が呻いて、首に手をやった。アンプルの麻酔溶液が少しずつ体内に注《そそ》がれはじめた。

ナイジェリア人がひれ伏す恰好《かっこう》で前に倒れ、横に転がった。数十秒後、微動だにしなくなった。

「わたしは大将に余計なことは言わない。平井も同じだと思う。だから、わたしたちには麻酔ダーツ弾なんか撃ち込まないでくれないか。頼むよ、お願いだ」

　皆木が哀願した。平井は無言で両手を合わせた。

　岩城は首を横に振って、グロック32の銃口を皆木に向けた。佃が手早く麻酔ダーツ弾を装塡《そうてん》し、皆木、平井の順に眠らせた。二人はソファに凭《もた》れて、間もなく意識を失った。

「ご苦労さん！」

　岩城は佃を犒《ねぎら》った。佃が麻酔ダーツ銃に付着した指掌紋をハンカチで神経質に拭ってから、足許に置いた。

　コンビはそれぞれ拳銃をホルスターに収め、事務フロアに移動した。思い思いにアーム付きの椅子に坐る。

「及川は間接的な知り合いの組員を三、四人伴《ともな》って、ここに来るつもりなんだろう。相手が発砲してきたら、迷わずに撃ち返せ。所轄の地域課員がすぐに駆けつけるだろうが、正当防衛だ」

　岩城は言った。

「もちろん、そのつもりです。急所は狙わないようにしますよ」

「そうしてくれ。もう間もなく、及川が桐谷検事殺しに関わってるかどうかはっきりするだろう」

「手を焼かせたんですから、厳しく追及しましょうよ」

佃が口を閉じた。

それから間もなく、森岡から岩城に電話がかかってきた。

「対象者《マルタイ》が自らロールスロイスを運転して、少し前に自宅を出たよ。しばらく箱根か軽井沢の別荘に身を潜める気になったんだろうな」

「いや、こっちに向かってるんでしょう」

岩城は、ナイジェリア人のことを話した。

「及川は自称マイクにリーダーと佃を眠らせて、ヤー公どもに痛めつけさせる気になったのか」

「森岡《モリ》さん、及川の車にGPS装置を取り付けるチャンスはなかったでしょうね?」

「ああ、残念ながらな。でも、追尾《ついび》をしくじったりはしないと思うよ。瀬島はたっぷり車間距離を取ってるから、尾行に気づかれることはないだろう」

「ロールスロイスが日本橋方面に向かってないとしたら、及川は自称マイクの電話に何か異変を感じて……」

「計画を変更して、身をくらます気になったのかもしれないな。わかったよ。及川の車がオフィスとは別方向に走ってるようだったら、リーダーに報告する」

　森岡が電話を切った。

　ふたたび年上の部下から電話があったのは、数十分後だった。ロールスロイスは横浜方面に走っているらしい。

「及川の目的地が判明したら、また連絡してください」

　岩城はいったん電話を切った。

　みたび森岡から連絡があったのは、およそ四十分後だった。及川の車は横浜横須賀道路を三浦市《みうら》に向かっているそうだ。

「対象者《マルタイ》が目的地に到着しても、森岡《モリ》さんたちは待機願います。おれたちも、ただちに三浦市をめざします。また、連絡をしてくださいね」

　岩城は電話を切り、佃と一緒に『及川エンタープライズ』を飛び出した。雑居ビルの近くに路上駐車してあるスカイラインに乗り込む。

　佃の運転で、横浜方面に向かった。サイレンを響かせながら、先を急ぐ。横浜横須賀道路の下《くだ》り線に入って数分後、またもや森岡から岩城に連絡があった。

　ロールスロイスは、小網代《こあじろ》湾を見下ろす高台にある別荘風の造りの二階家のカーポートに駐《と》められたという。表札は掲《かか》げられていないが、及川は馴れた足取りで建物の中に消えたという話だった。

最近、購入した別荘なのかもしれない。岩城は所在地を詳しく聞いてから、その場所に急行した。

プリウスは、及川がいる家屋の五、六十メートル手前の暗がりに駐めてあった。ライトは消され、エンジンも切られている。

佃がプリウスの後方にスカイラインを停止させた。ライトが消され、エンジンも停まった。

すでに森岡と利佳はプリウスから出て、夜道に立っている。近くに民家は見当たらない。雑木林が影絵のように連《つら》なっていた。静かだった。

岩城は佃と利佳に建物の周《まわ》りを固めさせ、森岡とポーチに忍び寄った。ピッキング道具を使って、ドアのロックを解除する。

岩城たち二人は住居の中に突入した。

及川久志は玄関ホールに面した居間のふっかりしたソファに腰かけ、ブランデーグラスを小さく揺らしていた。

「誰なんだ、おまえらは？」

「関西の極道に化けて、あんたに揺さぶりをかけた本庁の刑事だよ。あんたが美人検事殺しに本当に関与してないか、調べ直してたわけさ」

岩城は言いながら、居間に足を踏み入れた。森岡も入室する。

「捜査員だからって、無断でわたしの別荘に押し入ってもいいのかっ。おい、しかも二人とも土足じゃないか。無礼すぎる」

「あんたは犯罪者だ。相場操縦で、あこぎに百億円以上も荒稼ぎしたんだからな」

「まだ公判前なんだ。わたしを罪人扱いするなっ」

及川がブランデーグラスを大理石のセンターテーブルに置き、ソファから憤然《ふんぜん》と立ち上がった。意外にも小男だった。百六十センチもなさそうだ。

「おれたちは手荒い捜査も黙認されてる特殊チームに属してる」

「それがどうしたっ」

「強気だな。あんたは桐谷検事に起訴されたことで、故人を逆恨みしてたんじゃないのか。それで、誰かに美人検事を始末させた疑いが完全には消えてないんだよ。殺人教唆に心当たりがあるんじゃないのかっ」

「女検事のことは少し恨んでたよ。だからって、誰かに殺させるわけないじゃないか。わたしはギャングじゃないんだ」

「善良な市民でもないよな。汚い手段で銭を集めてたんだから。まあ、いいさ。あんたが正直かどうか体に訊《き》いてみよう」

岩城はショルダーホルスターからグロック32を引き抜き、照準を及川の狭い額に合わせた。

「な、なんの真似なんだ⁉」

「暴発したことにして、あんたを撃ち殺すこともできる。それでも、こっちが罰せられることはないだろう。とりあえず、どっちかの腕に一発浴びせてやるか」

「やめろ！　ばかなことはよすんだ」

及川が右腕を前に大きく差し出した。

「掌《てのひら》を撃ち抜いてもいいな。貫通した弾《たま》が、あんたの眼球を潰《つぶ》すかもしれないぞ」

「わたしは、どの殺人事件にも絡んでない。相場操縦で手っ取り早く稼いだことは認めるが、投資家たちを騙《だま》したという認識はないよ」

「まったく反省してないんだな。個人的にあんたを裁いてやりたくなった」

岩城は、引き金《トリガー》の遊びをぎりぎりまで絞り込んだ。人差し指にわずかでも力を加えれば、銃弾は発射される。

「撃たないでくれ。わたしは本当に第三者に女検事を殺《や》らせてないよ。頼むから、信じてくれーっ」

及川がソファに坐り込み、全身を小刻みに震わせはじめた。縋《すが》るような眼差《まなざ》しは演技できるものではないだろう。

捜査本部事件に関しては、及川はシロと判断してもよさそうだ。岩城は銃口を下げた。

「リーダー、この旦那は本件ではシロだろうな」

「おれも、そういう確信を深めました。森岡《モリ》さん、参事官に連絡して本家の支援要員に来てくれるよう要請してもらえますか。それから、佃と瀬島を家の中に入れてください」

「あいよ」

森岡が快諾《かいだく》し、居間から出ていった。

岩城はグロック32をホルスターに滑り込ませ、及川の真ん前のソファに腰を沈めた。

3

いつになくブラックコーヒーが苦い。

岩城は自宅マンションのダイニングテーブルに向かっていた。遅めの朝食を摂《と》り終えたところだった。

本家に当たる特命捜査対策室に及川久志の身柄を引き渡した翌日である。午前十一時過ぎだった。

マグカップが空《から》になったとき、卓上で刑事用携帯電話《ポリスモード》が着信した。岩城はすぐにポリスモードを摑み上げ、発信者を確認した。神保参事官からの電話だった。

「昨夜《ゆうべ》は大変だったな。せっかく及川を押さえてくれたんだが、本家の調べでも仕手集団の親玉の供述は変わらなかったという報告がいましがた上がってきたんだ」

「やっぱり、シロでしたか。民自党の寺尾議員も捜査本部事件には絡んでませんでした。及川もシロだったわけですから、結果的にはずいぶん遠回りしてしまいました」

「そうだが、考えようによっては『シャドー』の洗い直し捜査は前進したことになる。岩城君、そうだろう?」

「ええ、まあ」

「四人のメンバーは徒労感を覚えてるんだろうが、五日も十日も費《ついや》したわけじゃない。いたずらに無駄を重ねたことにはならないさ」

「そう思うことにします。寺尾敏と及川久志が美人検事殺しには関与してないことの裏付《ウラ》けをチームも取ったんですから、『明進電工』の春日勇《かすがいさむ》前社長と荻健太郎《おぎけんたろう》副会長の二人を重点的に調べ直してみます。その二人が不正会計に深く関与してたことは捜査本部は確認してるんですから。それから、桐谷検事が粉飾会計のから、く、り、を探《さぐ》ってたことも間違いないんでしょう」

「そうだね」

「捜査本部《チョウバ》は美人検事殺しには春日も荻もタッチしてなかったと判断してますが、果たしてそうだったのか。何か見落としがあったのかもしれませんから、二人のことを徹底的に調べてみましょう」

岩城は言った。

「なんだか水を差すようだが、その前にチームにやってほしいことがあるんだよ。捜査一課長宛に池袋のネットカフェから犯行声明がフリーメールで送信されてきたんだ、十数分前にね。発信者は自分が桐谷恵美を巧妙な方法で殺害し、捜査当局を無能だと嘲《あざけ》ってた。早く自分を捕まえてみろと挑発的な言葉も綴《つづ》られてるな」

「捜査本部の者は、すでに池袋のネットカフェに向かってるんですね？」

「ああ、向かってるそうだ。犯行声明をメールで送りつけた奴は〝抹殺屋〟と称し、正義を振り翳《かざ》す法の番人たちの自信過剰を批判して、熱血派の刑事、検事、判事などを順番に始末すると予告もしてる」

「そいつは冤罪《えんざい》に苦しんだことがあって、司法機関を目の敵《かたき》にしてるんですかね」

「いや、本人が冤罪で泣かされたわけじゃないんだよ。血縁者の誰かが殺人の濡衣《ぬれぎぬ》を着せられ、不幸な死に方をしたようなんだ」

「獄中で病死したか、自死したんでしょうか。それとも、死刑を執行されてしまったんですかね」

「具体的なことはメールには書かれてないんだが、身内の誰かの恨みを晴らしたいと思ってるんではないだろうか。ただね、事件の詳細には触れてないから、捜査機関にアレルギーを感じてる人間が捜一課長に厭《いや》がらせのメールを送りつけたとも考えられるんだ。美人検事が殺害されたのは、三カ月も前だからね」

「犯行声明を送る時期が少し遅い気もしますが、それまで捜査当局の動きを見守ってたのかもしれませんよ。捜査の手が自分に伸びてくる不安が薄らいだんで、司法関係者を挑発する気になったとも考えられなくはないでしょ?」

「わたしも、そういうこともあり得るかもしれないと思ったんだ。それだから、『シャドー』に〝抹殺屋〟の正体を突きとめてもらいたいと……」

「わかりました。参事官、その犯行メールをこちらに転送してもらえますか。三人の部下には、後で送ります。それから、冤罪で再審請求した殺人囚の情報を集めていただけます?」

「いいとも」

「獄中で亡くなった殺人囚の個人情報も提供してもらえますか」

「わかった。取りあえず、〝抹殺屋〟の犯行声明を送信するよ」

神保参事官が電話を切った。

岩城はセブンスターに火を点けた。

三口《みくち》ほど喫《す》ったとき、神保から犯行声明のメールが転送されてきた。岩城は煙草の火を消して、メールの文字を目で追いはじめた。

ぼんくら課長へ
去る三月四日に死んだ東京地検特捜部の桐谷恵美検事を交通事故に遭《あ》ったように見せかけて始末したのは、このわたしだよ。世田谷署が単なる事故死として処理すると予想していたのだが、殺人捜査に切り替えられた。
そのへんは一応、評価してやろう。しかし、捜査本部の連中は無能そのものだ。事件が発生してから三カ月が経過しても、まだ犯人を特定できていない。お粗末すぎる。都民の税金を無駄遣《づか》いしたことを猛省し、警視庁の全警察官と職員は半年は減給処分にすべきだろう。
昔から官憲は大っ嫌いだった。個人的には小心者ばかりのくせに、国家権力を笠《かさ》に着て威張《いば》り腐っている奴がほとんどだ。いったい何様のつもりなのか。本当にむかつく。

警察関係者の多くは手柄を立てることを優先的に考えている。それだから、数多くの冤罪を生んできたわけだ。

無実なのに、有罪にされた者たちの怒りと絶望を少しでも汲《く》み取った奴がいるのか。警察と検察は反発し合いながらも、根っこの部分で繋がっている。裁判官どもも検察と馴《な》れ合っているとしか思えない。

地検が起訴した場合、被告の九十九パーセント以上が有罪になってしまう。先進国で、こんなでたらめをやっているのは日本だけだ。実に恥ずかしいことではないか。

わたしの親族のひとりが殺人罪の濡衣を着せられ、服役する破目になってしまった。警察、検察、裁判所を憎みながら、不本意な亡くなり方をした。

故人に代わって仇《あだ》を討つ。正義を武器にしている司法関係者の思い上がった愚行《ぐこう》はどうしても赦《ゆる》せない。直接的にはもちろん、間接的に冤罪をフレームアップした捜査員と検事をひとりずつ個人的に裁く。民主主義社会でも法は無力だ。ならば、アナーキーな手段で冤罪で苦しめられた人々の無念を晴らすしかないだろう。

目的を果たし終えるまでは、わたしの正体を明かすことはできない。警視庁のお巡りたちも首を洗って待ってろ！

抹殺屋より

岩城は犯行声明を読み終えた。

愉快犯のいたずらと片づけるのは、ためらいがあった。といって、真犯人の犯行声明とは受け取れない部分もある。

岩城は神保参事官に返信メールを打ってから、三人の部下のポリスモードに〝抹殺屋〟の犯行声明を一斉送信した。

五分も経《た》たないうちに、森岡から電話がかかってきた。

「リーダー、捜一課長に送りつけられた犯行声明はどのくらい信憑性《しんぴょうせい》があるのかね。単なる人騒がせのいたずらとも思えないんだが、さりとて真犯人《ホンボシ》の犯行声明と判断もできない気がするんだ」

「こっちも同じです。しかし、参事官からすぐ〝抹殺屋〟の正体を探れという指示があったわけですから……」

「『明進電工』の前社長や副会長を洗い直す前に、犯人《ホシ》と名乗り出た奴の正体を突きとめないとな」

「ええ。ですが、優秀だった美人検事が警察の調べを鵜呑《うの》みにして検事調べに手を抜き、無実の人間を犯罪者として起訴するとは考えられないでしょ？」

「こっちも桐谷検事が冤罪を見抜けなかったとは思えないんだが、完全無欠な人間はいないからな。どんなに優《すぐ》れた者でも、絶対にミスなんかしないとは言い切れない」

「ええ、そうですね」

「女検事は輝かしい功績を重ねてきたんで、知らず知らずに過信してたのかもしれない。そうだったら、冤罪なのに、起訴しちまったこともあったんだろうな。それで、〝抹殺屋〟の血縁者が殺人囚にされて服役してたのかね。その身内は獄中で自殺したか、病気で急死したのか。死刑になったんだとしたら、身内は怒りを司法関係者にぶつけたくなるだろうな」

「そうでしょうね。神保さんに冤罪を訴えた人たちの情報を集めてくれるよう頼みましたんで、桐谷恵美が正体不明の〝抹殺屋〟の血縁者の事件を担当したことがあるかどうかはわかると思います」

「リーダー、身びいきで犯罪者の縁者は親兄弟の言い分を信じがちだよな。美人検事が冤罪には加担してなかったとしても、身内に逆恨みされることもあるんじゃないの？」

「ええ、ありそうですね。いったんアジトに集まって、参事官が集めてくれる情報を待ちましょう」

「できるだけ早くアジトに顔を出すよ」

「よろしく！」

岩城は通話を切り上げた。ほとんど同時に、今度は佃から電話があった。

「犯行声明を三度ばかり読み返してみましたが、悪質な厭《いや》がらせのメールだと感じました」

「そう感じたか、おまえは」

「リーダーは、真犯人の犯行声明と受け取ったんですか？」

「百パーセント、そう感じたわけじゃないよ。しかし、いたずらメールと極《き》めつけることはできないな。身勝手な言い分だが、それなりのリアリティーもある」

「そうですかね。自分は、そう感じませんでした。司法関係者の過信を咎《とが》めてますけど、複数の捜査員が事件を調べ尽くして地検に送致してるはずです」

「そうだな。東京地検の特捜部検事は独立した存在とはいえ、独善的な起訴をしようとしたら、上司からストップがかかるだろう」

「そうでしょうね。リーダー、桐谷検事は財政経済班に所属してたんですよ。殺人事案は担当してません。〝抹殺屋〟の血縁者は殺人罪の濡衣を着せられて、服役してたんでしょ？」

「汚職絡みの殺人事案は、結構あるじゃないか。〝抹殺屋〟の血縁者が殺人者に仕立てられたのかもしれないじゃないか、収賄の重要な証言をしたためにな」

「あっ、そうですね。美人検事が経済事案担当だったんで、つい殺人事案とは無縁だと早合点してしまいました」

「そういう思い込みが、捜査で判断ミスを招くこともあるんだ。せっかちに結論を出そうとしないで、じっくり考えてから……」

「組対《そたい》上がりは、まだまだ未熟ですね」

「佃、そんなふうに卑下《ひげ》するな。何度も言ったことだが、組対時代におまえは暴力団絡みの殺人事件を何件もスピード解決させてきたんだ。もっと自信を持てよ。殺人捜査の場数《ばかず》をもっと踏めば、佃はいい刑事《デカ》になれるよ。森岡《モリ》さんも直《じか》におまえを誉《ほ》めたりしたことはないが、そう思ってるんだ」

「そうなんですか。二人の先輩にそう評価されてるんでしたら、とても励みになります。自分、もっと頑張りますよ」

「あんまり肩に力を入れると、筋読みを外したときに一気に自信が揺らぐもんだ。力《りき》まずに事実を一つずつ積み上げていけば、いつか必ず事件の真相にたどり着けるよ」

「はい。すぐにアジトに向かいます」

「そうしてくれ。神保参事官が過去の冤罪関係の資料を用意してくれることになってるから、とにかく〝抹殺屋〟の正体を探ってみようじゃないか」

岩城は電話を切って、食器をシンクに運んだ。洗面所に行き、顔にシェーバーを当てる。

シャワーを浴びる時間はなかった。岩城は寝室に駆け込み、身仕度に取りかかった。

瀬島利佳から連絡があったのは、戸締まりをし終えたときだった。

「うっかりしてて、メールが届いてるのに気づくのに遅れてしまいました。すみませんでした」

「気にするな。捜査本部事件の犯人を名乗る人物がいまごろになって出てきたんで、戸惑ってるんじゃないのか」

「ええ。捜一の課長に犯行声明をメールした〝抹殺屋〟は、本当に桐谷検事を手にかけたんでしょうか？」

「そうとも感じられるが、官憲嫌いの厭がらせなのかもしれない。メールの文面だけでは、まだなんとも言えないな。瀬島はどう思ってるんだ」

「メールの内容はもっともらしいんですけど、なんか唐突な犯行声明ですね。〝抹殺屋〟が本当に官憲に対して敵意を持ってたら、犯行時から数日後には捜査機関に挑戦状めいたメールを送り付けるんじゃありません？」

「犯行声明を出す時期が遅いとは、おれも感じたよ。しかし、それにはそれなりの理由《わけ》があったのかもしれないぞ」

「どんな理由があったんだと思います？」

「〝抹殺屋〟が本部事件の加害者と仮定しようか。犯人は捜査当局に自分がマークされてないと確信できるまでは、下手に動けないと思ってたんじゃないのか」

「さすがリーダーだわ。ええ、そうかもしれませんね」

「感心されるほどじゃないだろうが。ちょっと考えれば、誰にも推測できそうだがな」

「あっ、傷ついちゃうな。それじゃ、わたしはとろいってことになるでしょ？」

「細かいことは気にするな」

「狡《ずる》いですよ、リーダー。でも、頭が回らなかったことは認めざるを得ませんから、むくれないことにします。〝抹殺屋〟は自分が捜査対象になっていないことがわかったんで、大胆にも警察を小ばかにした犯行声明を送信してきたんでしょうね」

「ああ、おそらくな」

「犯人と名乗り出た人物は、本当に自信過剰の捜査員、検事、判事なんかを順番に葬るつもりなんでしょうか。威嚇《いかく》して喜んでるだけなのかもしれませんよ」

「〝抹殺屋〟を早く割り出して、そのあたりのことを真っ先に訊いてみるか。本気で予告した犯罪《ヤマ》を踏む気なら、当分、自分が手錠《ワッパ》打たれることはないと高を括《くく》ってるにちがいない」

「そうなんでしょう。リーダー、〝抹殺屋〟は単独犯を装ってますけど、実は冤罪で苦しんだ人たちの血縁者たちの集合体とは考えられませんか？」

「瀬島、やるじゃないか。そういうことも考えられるな。複数で構成された報復グループだから、司法関係者を順ぐりに始末すると犯行予告できたのかもしれない」

「そういうアナーキーな犯罪集団が実在するとしたら、ちょっと不気味ですね。早く壊滅に追い込まないと、法治国家の名折れですよね」

「そうだな。おれは、これからアジトに向かう。瀬島も日比谷に急行してくれ」

岩城はポリスモードを折り畳み、玄関ホールに足を向けた。アンクルブーツを履《は》いていると、上着の内ポケットで私物の携帯電話が振動した。

発信者は恋人の片倉未穂だった。

「今夜、泊まりに行ってもいい？」

「それはかまわないが、職務で何時に帰れるかわからないんだ」

「そうなの。スキヤキの食材を買って行くつもりだったんだけど、そういうことなら、日を改めたほうがよさそうね」

「夕飯は一緒に喰えないだろうけど、おれの部屋で寛《くつろ》いでてくれよ。牛肉は今夜食べなくてもいいが、未穂のお肉は喰いたいからさ」

「わっ、露骨！　でも、不快には感じなかったわ」

「なら、お肉をたらふく喰わせてくれないか」

岩城は際《きわ》どい戯言《ざれごと》を言って通話を切り上げ、部屋を勢いよく出た。

4

ドアはロックされていなかった。

部下の誰かが入室したのだろう。岩城はコンビニエンスストアの大きな白いビニール袋を提《さ》げて、秘密アジトに足を踏み入れた。

ビニール袋の中身は、十二個のおにぎりと四人分のペットボトル入りの日本茶だった。

事務フロアのソファに三人の部下が腰かけ、何か喋っていた。

「みんな、早いな。こっちが一番乗りだと思ってたが……」

岩城は誰にともなく言って、森岡のかたわらに坐った。最初に応じたのは森岡だった。

「リーダーから呼集がかかったんで、タクシーを飛ばしてきたんだよ。佃も瀬島も同じらしいぜ」

「おれもタクシーに乗ったんだけど、その前にコンビニに寄ったりしてたんで、アジト入りが遅くなってしまったんだ」

「差し入れを買ってきてくれたのかな」

「ええ、少しね」

岩城はコーヒーテーブルの上でビニール袋を拡《ひろ》げ、部下たちにペットボトルを配った。

「いただいちゃってもいいんですか。いつもすみませんね。リーダーはポケットマネーで、よく弁当を買ってきてくれますけど、割り勘にしてください」

「佃、おれの懐を心配しなくてもいいよ。たまにコンビニで買物をしても、自己破産しないからさ。具は鮭《さけ》、鱈子《たらこ》、ツナマヨの三種類を選んできた。どれでも、好きなものを喰《く》ってくれ」

「十二個あるから、ひとり三個ずつですね？」

「おれの分もおまえにやるよ。まだ腹はあまり空いてないんだ」

「それほど喰い意地は張ってませんよ。割り当てられた分だけご馳走《ちそう》になります」

佃が言って、鮭のおにぎりを手に取った。釣られる形で、森岡が鱈子のおにぎりを頬張った。

利佳は礼を言ってから、ツナマヨのおにぎりを選んだ。岩城はペットボトルのキャップを開け、冷たい緑茶を喉に流し込んだ。

「無実者が刑事訴訟で有罪判決を受けることを一般的には冤罪と呼んでるが、実は法令上の用語じゃないんだよな」

森岡が岩城に言った。

「そうですね。法学辞典でも、定義には揺れが感じられる。それはそれとして、人間が裁くことが冤罪の原因になってることは間違いないでしょう」

「そうだな。見込み捜査や政治的な意図《いと》から無実の人間を犯罪者に仕立て上げてしまうことは昔からあった。裁判で自白は証拠の王という考え方が根づいてるんで、真実の裏付けが後回しになってしまう」

「だから、捜査機関は虚偽自白を誘引しがちです。おれたちも違法捜査をやってるから偉そうなことは言えませんが、虚偽自白の強要はよくない」

「ああ。それから、DNA型鑑定を過信するのも問題だな。現在のSTR法は四兆七千万人に一人の精度だが、うっかりミスで別人のDNAを含んだ唾液、精液、血液なんかを取り違えたりしてるじゃないか」

「そうですね。過去のＤＮＡ型鑑定は精度が低かったから、冤罪に繋がりやすかった」

「そうだったろうな。真犯人《ホンボシ》が自分の量刑を軽くしたくて、親しい友人や知り合いに罪をなすりつけたケースも少なくない」

「ええ、梅田事件、八海《やかい》事件、牟礼《むれ》事件、山中事件、富山・長野連続女性誘拐事件なんかがそうでしたよね」

「冤罪予防のため、検察は二〇〇六年、警察は二〇〇八年から取り調べの一部録画もするようになった。ただ、警察官や検察官の都合のいい部分だけ録画・録音されてるのが現状だよな？」

「ええ。濡衣を着せられて有罪判決が確定しても、再審制度によって救済されるケースもあります。しかし、すべての冤罪被害者にそのチャンスがあるわけじゃない。再審請求が認められなければ、服役しなければなりません」

「そうなったら、冤罪被害者は警察、検察、裁判所を恨むだろうな。身内だって、同じ気持ちになるにちがいないよ」

「〝抹殺屋〟が犯行声明に綴《つづ》ったことが事実だとしたら、無実者に代わって司法機関に牙《きば》を剝《む》きたくもなるだろうな」

岩城は言いながら、暗い気持ちになった。法に則《のっと》って犯罪者たちは裁かれているわけだが、あくまでも判断は人間に委《ゆだ》ねられている。神が罪人たちを裁いているのではない。

誤審は避けられないだろう。しかし、有罪判決を下された冤罪被害者は人生を台無しにされてしまう。冤罪の賠償金は一日当たり最高一万二千円と定められている。

仮に無実者が四十八年間、獄中生活をしていたとしたら、国から二億一千万円程度の賠償金が支払われることになる。大金だが、それで冤罪を水に流してもいいという者がいるだろうか。ひとりもいないと思う。

「冤罪は絶対にあってはならないと思いますが、死刑囚が執行日を先送りしたくて再審請求するのは問題なんじゃないですかね。現在、日本には百数十人の死刑囚がいますけど、その七割近くが再審請求をしてるはずです。リーダー、そうですよね？」

佃が話しかけてきた。

「正確な数字は把握してないが、そんなもんだったな」

「何人もの罪のない人間を殺した死刑囚が生きることに執着するのは、潔《いさぎよ》くないですよ。さっさと絞首台に立って、死で罪を償《つぐな》うべきです」

「冷血な殺人鬼なら、死刑を甘んじて受けて散るべきだろうな。しかし、死刑囚の中には無実者もいる。そういう者は過去に何人もいたんだ。そうした人々が裁判のやり直しを強く訴えるのは、当然だろうが？」

「そうなんですけど、死刑囚の中には見苦しく生にしがみつこうとしてる奴もいるにちがいありませんよ」

「ああ、いるだろうな。だからといって、死刑囚に再審請求の権利を与えないのはおかしい。死刑が確定していても、本当に無実の人間がいることもある」

「わたしも、リーダーと同じ考えです。ただ執行を一日でも遅らせたいと願ってる死刑囚の再審請求は通らないと思う。ね、佃さん？」

利佳が口を挟んだ。

「それも、そうだな」

「佃、急に素直になったね。瀬島の彼氏と恋の鞘当《さやあ》てをする気になったのかい？」

森岡がからかった。

「妻子持ちの自分に不倫願望はありません。それに、瀬島はチームの仲間ですからね」

「女房にまだ惚れてるんだな」

「いけませんか？」

「ちょっと話を戻しますけど、〝抹殺屋〟がメールに打ったことが事実だとしたら、なぜ桐谷検事を敵視して殺意を膨らませたんですかね。わたし、そのことがわからないんですよ」

利佳が岩城に話しかけてきた。

「冤罪被害者を最初に取り調べた警察関係者を恨むはずだと言いたいんだな？」

「そうです」

「捜査員たちは状況証拠だけで被疑者を地検送りにしてるよな？」

「ええ」

「起訴するか、不起訴にするかは検察官次第だ。だから、親族のひとりを起訴した検事に〝抹殺屋〟は仕返しする気になったんだろう。桐谷検事は汚職か詐欺に絡んだ殺人事件で、〝抹殺屋〟の身内の誰かを起訴したんだと思うよ。そうじゃないとしたら、その殺人事案の立件材料を刑事部の検事に提供したんだろうな」

「多分、そうだったんでしょう。刑事部検事に殺人事案の立件材料を提供しなかったら、〝抹殺屋〟の血縁者が濡衣を着せられることもなかった。余計なことをしてくれたんで、女性検事を逆恨みしたのかもしれませんね」

「おれは、そう推測したんだよ。参事官が集めてくれる冤罪被害者リストの中に、〝抹殺屋〟の親族がいると思うんだが……」

岩城は言って、またペットボトルを傾けた。

神保参事官から岩城に電話がかかってきたのは、部下たちがあらかた簡単な食事を摂《と》り終えたころだった。

「集めてもらった情報の読み込みに手間取ってたんだよ。〝抹殺屋〟の親族が絡んでると思われる冤罪事件を二つ抜き出したんで、これからアジトに向かうよ。メンバーは揃ってるね？」

「ええ。参事官、池袋のネットカフェに聞き込みに出かけた捜査本部の刑事の報告は捜一の課長か理事官に上がってるんでしょ？」

「ああ。捜一課長の報告によると、犯行声明をメールした客はキャップを目深《まぶか》に被って口髭を生やした二十代後半の男らしいんだ」

「女性検事を車道に突き飛ばしたと思われる奴と人相着衣《ニンチャク》が同じじゃないですか」

「そうだね。池袋二丁目にある『スラッシュ』というネットカフェの従業員はその人物に身分証明書の呈示《ていじ》を求めたら、運転免許証を出したらしいんだ」

「そいつの氏名は？」

「下条優《しもじようまさる》という名で、二十七歳と表示されてたそうだ。現住所は練馬区東大泉一丁目になってたというんだが、偽造運転免許証と判明したんだよ」

「『スラッシュ』には、防犯カメラが設置されてるんではありませんか？」

岩城は確かめた。

「そうなんだが、あいにく数日前から故障したままだったらしい。そんなことで、不審な客の姿は録画されてなかったという話だったんだよ」

「なんてことなんだ」

「忌々《いまいま》しいよな。その不審者の正体は不明だが、おそらく桐谷検事を死なせた張本人なんだろう」

「その疑いが濃いですね」

「とにかく、そっちに行くよ。少し待っててくれないか」

神保の声が途絶《とだ》えた。

岩城はポリスモードを所定の内ポケットに収め、三人の部下に参事官から訊いた話を伝えた。口を結ぶと、森岡が顔を向けてきた。

「そいつは予《あらかじ》め犯行前に誰かに『スラッシュ』の防犯カメラを作動しないようにさせてから、数日後に店の客になったんじゃないか」

「そうなのかもしれませんね」

「用意周到に犯行《ヤマ》を踏んでるから、前科《マエ》がありそうだな。犯歴がなかったとしたら、悪知恵が発達してるんだろう。運転免許証まで偽造してネットカフェに入ったわけだから」

「ええ」

「リーダー、その不審者が〝抹殺屋〟なんじゃないのかね。防犯カメラを作動不良にしたのが本人じゃないとしたら、冤罪に泣かされた者たちの親兄弟の有志が結束して、過《あやま》ちを犯した刑事、検察官、裁判官を順に断罪する報復計画を実行しはじめてるんじゃないのかな。手始めに美人検事が抹殺されたようだが、報復遊戯はスタートしたばかりなのかもしれないぞ」

「森岡《モリ》さんの読み通りなら、〝抹殺屋〟は複数犯で構成されてるんでしょう」

「リーダー、きっとそうにちがいありませんよ。だから、ほとんど尻尾《しっぽ》を出すことなく、桐谷恵美を交通事故に見せかけて殺害できたんではありませんか」

佃が話に加わった。

「そう考えてもよさそうだな。筋読み通りなら、司法関係者がこれから次々に抹殺されていくんだろう。もちろん、おれたちは報復殺人ゲームを阻止しなければならない」

「単独犯の犯行だと思いますが、複数犯だとしたら……」

「犠牲者が増える前に事件を落着させなければ」

岩城は言葉に力を込めた。一拍置いて、利佳が口を開いた。

「〝抹殺屋〟が複数の人間で構成されてると思い込むのは、早計なんじゃないのかしら？複数犯だと判断する材料は、まだ揃ったわけじゃないんですよ。リーダー、そうでしよ？」

「確かに、瀬島が言う通りだな。〝抹殺屋〟が複数人で成り立ってるんだったら、キャップを目深に被り口髭をたくわえた男が『スラッシュ』に行って、捜査一課長に犯行声明のメールを送ることはないわけだ。仲間の誰かにフリーメールを送信させたほうが足がつきにくいからな」

「ええ。桐谷検事を車道に突き飛ばした奴がわざわざ池袋のネットカフェに偽造運転免許証を使って入店したのは、単独犯だったからなんじゃないんですかね」

「そうか、そう判断すべきだったのかもしれないな」

「リーダーは、よく予断は禁物だとわたしたちに言ってますよね。判断材料が多くないのに、〝抹殺屋〟は複数人で構成されてると思い込むのは……」

「一本取られたな。瀬島に逆に教えられてしまった。面目丸潰《まるつぶ》れだよ」

岩城は苦笑した。

四人は、なおも〝抹殺屋〟の正体をあれこれ推測しつづけた。話が中断したとき、神保参事官がアジトにやってきた。例によって、黒い革鞄を提げている。

「会議室に移りましょうか」

岩城は参事官に言って、真っ先に立ち上がった。三人の部下が次々にソファから腰を浮かせる。

『シャドー』のメンバーはいつものように先に会議室に入り、窓側に横一列に並んだ。神保が少し迷ってから、岩城の正面の椅子に坐った。

「桐谷検事を殺したという犯行声明を捜一の課長に送りつけた〝抹殺屋〟の血縁者と思われる冤罪被害者二名に関する情報を持ってきたんだよ。四人分のコピーを取ってきたから、まず資料を読んでもらうか」

「わかりました」

岩城は短い返事をした。

参事官が鞄から書類の束をまとめて取り出し、『シャドー』のメンバーたちに参考資料の写しを配った。

岩城はすぐに資料を読みはじめた。

桐谷検事は、二年数カ月前に会社乗っ取り屋の杉江芳夫《すぎえよしお》を詐欺及び監禁罪で起訴した。当時、六十二歳の杉江は悪質な会社喰い《マージャー》として中小企業のオーナー社長たちに恐れられていた。

その事件の被害者は、プラスチック加工会社の経営者の駒月昭伸《こまづきあきのぶ》だった。駒月は会社の運転資金を杉江から借り受ける際《さい》、うっかり白紙委任状を渡してしまった。それを悪用され、自社の経営権を杉江に奪われたのである。

駒月は杉江を詰《なじ》った。そのことで、貸倉庫に丸四日監禁されてしまった。杉江は有罪判決を受けたが、公判前の保釈中に何者かに刺殺された。

アリバイのなかった駒月は警察に疑われ、東京地検総務部事件課に起訴された。身に覚えのない被告は無実を訴えつづけ、控訴・上告した。だが、主張は通らなかった。

駒月は一年二カ月の獄中生活を送り、心不全で亡くなった。享年《きょうねん》五十四だった。駒月を殺人罪で起訴したのは、美人検事ではない。東京地検総務部事件課の浦沢《うらさわ》亮《りょう》検事だった。

獄中死した駒月には、ひとり息子の洋介《ようすけ》がいる。資料によれば、満二十八歳である。

駒月洋介は浦沢検事の捜査のずさんさに怒り、会社乗っ取り屋の杉江を起訴した美人検事を逆恨みしていたらしい。筋違いなのだが、杉江が起訴されたことで、自分の父親が殺人犯と疑われてしまったと考えたのだろう。

桐谷検事はもう一件、間接的に殺人事件と結びついている。

四年前、美人検事は地方銀行の若手行員だった柿沼《かきぬま》航《わたる》を業務上横領罪で起訴した。柿沼は警察の取り調べでは全面的に犯行を認めた。しかし、公判で無実だと供述を翻《ひるがえ》した。だが、第二審でも有罪になった。

被告側はただちに上告したが、その数日後に柿沼の婚約者が何者かに駅のエスカレーターから突き落とされて亡くなってしまう。桐谷恵美は何か裏があると直感し、事件課の浦沢検事に真相を探るよう頼んだ。

浦沢は横領をしていたのは、柿沼航の上司の三角《みすみ》均《ひとし》だと突き止める。柿沼は身替り犯になって、世話になった上司に高飛びする時間を与えたかったらしい。だが、三角は犯行が発覚することを恐れ、柿沼のフィアンセの口を封じてしまったのだ。柿沼は婚約者まで巻き添えにしたことで責任を感じて、独居房で首を括《くく》った。

柿沼には、仲のよかった弟がいる。将太《しょうた》という名で、現在、二十八歳だ。柿沼将太は、兄が上司を庇《かば》っていることを見抜けなかった警察関係者と桐谷検事に遣《や》り場《ば》のない怒りをぶつけていたらしい。

岩城は関係調書や公判記録の写しを読み終えて、顔を上げた。その瞬間、神保参事官と目があった。

「会社を乗っ取られた駒月の息子の洋介か、地方銀行の行員だった柿沼航の弟の将太はともに二十代の後半だ。どちらも、桐谷検事を逆恨みしてたようだから……」

「どちらかが〝抹殺屋〟と関わりがあるかもしれないという読みなんですね？」

「そうなんだが、岩城君はどう思う？」

「その疑いがあると強く感じたわけではないんですが、ちょっと調べてみたほうがいいかもしれませんね」

「そうしてくれないか。東京地検の浦沢検事に会えば、何か手がかりを得られるんではないだろうか」

「そうですね。まず浦沢検事に会うことにします」

岩城は参事官に言って、改めて資料に目を通しはじめた。

第四章　見えない真相

1

通されたのは、刑事部刑事事務課だった。


霞が関にある検察庁合同庁舎の刑事部フロアだ。午後二時近い時刻だった。

　岩城は利佳とともに隅のソファセットに導かれた。ペアは浦沢検事との面会を申し入れ、この階に案内されたのである。

　森岡・佃班は池袋のネットカフェ『スラッシュ』の従業員から情報を収集した後《あと》、上司の業務上横領罪を被《かぶ》って服役中に独居房で首吊り自殺をした柿沼航の実弟将太を洗う手筈になっていた。

　岩城たち二人は、プラスチック加工工場を乗っ取られて獄中で病死した駒月昭伸の長男の洋介の動きを探《さぐ》ることになっている。

「浦沢検事はすぐに参ると思います。どうぞお掛けになって、お待ちください」

三十二、三歳の女性職員がソファセットを手で示し、ゆっくりと遠ざかった。

岩城は利佳と並んでソファに坐った。

参考資料によると、浦沢検事はちょうど四十歳だった。検察官は数年ごとに転勤になることが多い。だが、浦沢は珍しいことに六年近くも東京地検に所属している。古株だろう。

四年前まで公安部で働き、その後は総務部事件課に属している。

刑事部には刑事事務課、国際資料課、刑事資料課があるが、事件捜査を主に担《にな》っているのは総務部の事件課、証拠品第一・二課、令状課、犯歴課などだ。

少し待つと、浦沢検事がやってきた。細身で、いかにも切れ者という印象を与える。

岩城たちは立ち上がり、それぞれ警察手帳を呈示した。

「初めまして、浦沢です。お二人は捜査一課特命捜査対策室所属で、桐谷の事件捜査を支援されてるとか？」

「ええ、そうなんです。世田谷署に設置された捜査本部が第三期に入っても犯人を特定できてないんで、われわれが駆り出されたわけですよ」

　岩城は言い繕《つくろ》った。

「ご苦労さまです。被害者の桐谷とは情報を共有してたりしたんで、全面的に協力しますよ」

「よろしくお願いします」

「事件課には部外者を入れられない規則になってますんで、刑事部の刑事事務課に場所を提供してもらったんですよ。どうかお気を悪くなさいませんように。お坐りになってください」

　浦沢が言って、先にソファに腰を沈めた。岩城たち二人も着席した。

「オフレコに願いたいんですが、捜査本部事件の犯人と名乗る人物が捜査一課長宛に池袋のネットカフェから犯行声明メールを送りつけてきたんですよ」

「本当ですか⁉」

　浦沢が驚き、岩城の顔を見つめた。岩城は差し障《さわ》りのない範囲で、事の経緯を伝えた。

「警察は、〝抹殺屋〟が駒月洋介か柿沼将太のどちらかではないかと睨んだんですね？」

「そう疑えないこともないでしょ？」

「そうですね。父親の駒月は会社を乗っ取った杉江芳夫に刃物を向けて、『ぶっ殺してやる』なんて喚《わめ》いた事実が確認されてます」

「そんなことで、保釈中に何者かに刺し殺された杉江殺しの嫌疑をかけられたわけですね？」

「そうです。特捜部の桐谷が会社乗っ取り屋を起訴したんですが、杉江は保釈が認められたんですよ。しかし、保釈中に何者かに殺されてしまいました」

「あなたは、アリバイのなかった駒月昭伸を殺人容疑で起訴したんですね？」

「はい。桐谷検事から駒月は自分の会社の経営権を奪われたことで、杉江芳夫を殺したがってたという話を聞いてたんです。状況証拠は明らかに疑わしかったんですよ。駒月には動機がありますし、事件当夜のアリバイはなかったんです」

「しかし、駒月昭伸は無実を主張して上告した。それでも、判決を引っくり返すことはできなかった。おそらく駒月は絶望的な気持ちになって、眠れない夜がつづいたんでしょう。それが心不全を誘発したとは考えられませんかね」

「絶望的な気持ちが心不全を誘発したかもと言われれば、そうだったのかもしれません。とはいえ、冤罪だったとは思いたくありません。杉江を刺殺した真犯人も見つかってませんから……」

「だからといって、駒月昭伸が会社乗っ取り屋を殺害したと断定はできないんではないでしょうか」

利佳が話に加わった。

「ですが、駒月は充分に疑わしかったんだ。わたしが無実の人間を殺人囚にしてしまったという根拠があるのかっ」

「浦沢さん、冷静になってください。わたしは、あなたが冤罪を招いたと極《き》めつけたわけではありません」

「そんな口ぶりだったでしょうが。駒月は無実だと主張しつづけたが、実際に殺人を犯した者が罰《ばつ》を逃れようと悪あがきすることはあるんだ」

「そのことは知ってます。だけど、検察側の判断ミスだったとしたら、駒月のひとり息子の洋介は担当検事のあなたを恨むでしょうね。現に、駒月洋介は浦沢さんの捜査の仕方に問題があったと怒って、会社乗っ取り屋の杉江を起訴した桐谷検事まで逆恨みしてたようじゃないですか」

「駒月洋介がわたしや桐谷を恨むのは、筋違いですよ。悪いのは、杉江芳夫なんだからね」

「そうなんですが、杉江は何者かに刺し殺されてしまった。それだから、駒月洋介の怒りは浦沢さんと桐谷検事に向かったんでしょうね」

「そんなのは逆恨みだね。子供じみてます」

浦沢が眉根《まゆね》を寄せた。

沈黙が横たわった。ややあって、岩城は気まずい静寂を突き破った。

「浦沢さんに反論するわけではありませんが、駒月洋介の父親は獄中で病死したんです。誰かに八つ当たりしたくなる気持ちは個人的にはわかりますね」

「迷惑な話ですよ」

「ま、そうだろうな。確認させてほしいんですが、誠和《せいわ》銀行の柿沼航を業務上横領罪で起訴したのは、東京地検特捜部の桐谷検事だったんですね？」

「そうです。柿沼は警察と検事調べで、いったん犯行を全面的に認めたんですよ。桐谷にミスはなかったはずです。柿沼は婚約者の麻生沙也加《あそうさやか》に手紙で説得されて、公判では無実だと訴えた。だが、第二審でも有罪になったんで、すぐさま上告したんですよ」

「その数日後、麻生沙也加は品川駅構内のエスカレーターの上から誰かに突き落とされて亡くなった」

「そうです、そうです。桐谷は柿沼の業務上横領には何か裏があると考え、わたしに真相を究明してほしいと言ってきたんですよ」

「あなたが調べた結果、柿沼は上司の三角均の身替り犯だったことが明らかになった。銀行の金を一億数千万円も横領してたのは三角だった。三角は業務上横領が発覚することを恐れ、柿沼の婚約者を転落死させたんですよね？」

「その通りです。わたしは三角を殺人容疑で起訴しました。柿沼は婚約者まで巻き添えにしてしまったことで深く悩み、独居房で首を括ったんです。三角には世話になったようですけど、業務上横領罪の身替り犯になるなんて愚かすぎる。三角が逃亡するまでの時間を稼ぎたかったと柿沼は最初の取り調べのときに供述したんですが、常識では考えられないことです。柿沼はバイセクシュアルだったのではないかと疑いたくなるほどの愚行でしょ？」

「それはともかく、警察関係者と桐谷検事がもっと早く柿沼航は上司の三角の身替り犯だと見抜いてたら、悲劇は避けられてたかもしれません。弟の将太はまだ若いから……」

「桐谷を逆恨みしても、不思議じゃない？」

「ええ」

「駒月洋介と柿沼将太のどちらかが桐谷を逆恨みして、〝抹殺屋〟と称し、彼女を殺害したんでしょうか。そこまでクレージーなことはしないと思いますが、いまの若い連中はとんでもないことをするからな。まるでリアリティーのない筋読みではないかもしれませんね」

「桐谷さんが、どっちかに命を狙われてるような気配を感じ取ったことは？」

「そういうことはありませんでした。わたしたちは情報交換はしてましたけど、たびたび会ってたわけじゃないんですよ。桐谷とペアを組んでた須賀検察事務官のほうが、そのあたりのことは知ってると思います。特捜部は合同庁舎と九段分室の両方を使ってるんですが、桐谷は分室にいました」

「須賀さんには一度会ってるんですが、〝抹殺屋〟のことは知らないはずです」

「それだったら、彼女に会ってみるんですね」

浦沢が言って、わざとらしく腕時計を見た。

そろそろ引き取れという意味だろう。岩城は利佳に合図して、ソファから離れた。利佳も立ち上がる。

二人は刑事事務課を出て、エレベーター乗り場に向かった。スカイラインは検察合同庁舎の脇道に駐《と》めてある。

岩城たちは一階に下《くだ》ると、覆面パトカーを駐めた場所まで足早に歩いた。

利佳が急いでスカイラインの運転席に乗り込む。岩城は助手席に坐った。利佳が車を発進させた。

検察庁九段分室までは、二十分もかからなかった。スカイラインを車道の端に寄せ、岩城たちは分室の一階ロビーに足を踏み入れた。

利佳が受付で身分を明かし、須賀瑠衣との面会を申し込んだ。受付係の男性職員が内線電話の受話器を取った。

遣《や》り取りは短かった。

「検察事務官は、すぐ一階に降りてくるそうです」

「そうですか。ありがとうございます」

岩城は相手を犒《ねぎら》って、奥のエレベーター乗り場に向かった。すぐに利佳が従《つ》いてくる。

待つほどもなく、函《ケージ》の一つから瑠衣が現われた。

「仕事を中断させて申し訳ない。あなたに協力してほしいことがあるんで、訪ねたんですよ」

岩城は来意を告げた。

「何をお知りになりたいんでしょう？」

「エレベーターホールの端で話したほうがいいだろうな」

「そうですね」

瑠衣が緊張した面持《おもも》ちで、エレベーターホールの隅に移動する。岩城たちは後《あと》に従った。

三人はたたずんだ。あたりには誰もいない。

「その後、捜査に何か進展がありました？」

瑠衣が岩城に問いかけてきた。

「大きな進展はないんだが、国会議員の寺尾敏と仕手集団のボスの及川久志の二人は捜査本部の心証通りだったよ」

「つまり、二人ともシロということですね」

「そう。『明進電工』の粉飾決算のからくりに関してはまだ調べ直してないんだが、桐谷検事の事件の犯人と名乗る者が本庁捜査一課長宛に犯行声明メールを送りつけてきたんだよ」

岩城はそう前置きして、メール内容を教えた。

「捜査機関に何か恨みのある人間が、〝抹殺屋〟という発信者名を使って厭がらせのメールを送信したんじゃないのかな。事件が起こってから、すでに三カ月が経過してます。悪質ないたずらではないんでしょうか」

「そうじゃないかもしれないんだよ。桐谷検事が二年数カ月前、駒月昭伸の会社を乗っ取った杉江芳夫を詐欺及び監禁罪で起訴したことは間違いないんでしょ？」

「ええ。でも、杉江は保釈中に刺殺されてしまったんですよ。警察は駒月の犯行という心証を得たんで、東京地検は起訴に踏み切ったんです」

「しかし、駒月は無実だと訴えつづけて上告までした。だが、訴えも虚《むな》しく無実にはならなかった。そうだね」

「はい。駒月は一年二カ月の獄中生活をしただけで、急死してしまったんですよ。確か五十四歳で亡くなったはずです」

「そうだね。故人のひとり息子の駒月洋介は父親を殺人容疑で起訴した東京地検の捜査がいい加減だと周辺の人たちに不満を洩らし、憤《いきどお》ってたらしい」

「そのことは、わたしも知ってます。でも、それは言いがかりですよ。起訴した浦沢検事はベテランなんです。ちゃんと立件できる証拠は揃えてたにちがいありません」

「ここに来る前に検察庁合同庁舎に行って、担当検事の浦沢さんに会ってきたんですよ。検事は状況証拠だけで、駒月を起訴したと言ってた。駒月に殺人動機があって、アリバイが立証されなかったんで……」

「起訴したと言ったんですか。物証がないのに、起訴してしまったとは。浦沢検事はそれでも公判で勝てると踏んでたんでしょうけど、もう少し慎重になるべきだったと思います」

　瑠衣が声を沈ませた。

「こっちも同感ですね。それだから、駒月の息子の洋介は捜査関係者に対する怒りを隠そうとしなかったんだろう」

「ベテラン検事を悪く言いたくありませんけど、慎重さが足りなかったんでしょう。でも、駒月を殺人囚にしたのは桐谷検事ではないんです。〝抹殺犯〟が駒月洋介だったとしても、桐谷検事を殺害する動機なんかないでしょう？　検事は杉江の悪事を暴《あば》いて、会社乗っ取り屋を起訴したんですよ。駒月洋介には感謝こそされ、恨まれたりはしないと思いますけどね」

「そうなんだが、駒月洋介は悲劇の元凶は杉江を保釈させたことだと考え、東京地検が杉江を保釈させたのは甘すぎると恨んでたんじゃないだろうか」

「筋違いですけど、そうだとしたら、駒月洋介が桐谷検事に腹を立ててたのかもしれませんね」

「須賀さんは、桐谷検事が業務上横領罪で起訴した柿沼航さんのことも憶《おぼ》えてますでしょ？」

利佳が岩城より先に発言した。

「ええ、その銀行マンは三角という上司の身替り犯として一億数千万を横領したと警察では認めました。ですが、婚約者に意見されて公判では犯行を否認したんです。だから、真犯人の三角は自分の悪事を柿沼さんから聞いてる可能性のある麻生沙也加というフィアンセを転落死させたんです」

「ええ。柿沼航さんは婚約者の沙也加さんも死なせてしまったことを重く受け止めて、獄中で自分の命を絶ったんでしょう？」

「そうなんですよ。三角を庇《かば》ったりしなかったら、そんなことにはならなかったのに」

「多分ね。柿沼航さんの弟の将太さんは遣り場のない怒りを警察関係者と桐谷さんにぶつけてたようなんですよ」

「八つ当たりも、いいとこだわ。だけど、そうなら、柿沼将太さんも〝抹殺屋〟と関係がないとは言い切れませんね」

「ええ、まあ」

「生前、桐谷検事が脅迫電話を受け取り、不審者に尾《つ》けられたなんてことを須賀さんに打ち明けたことはなかった？」

岩城は利佳を目顔《めがお》で制し、瑠衣に訊いた。

「そういえば、事件の四、五日前に桐谷検事は前の晩に自宅マンションの周辺をうろついてる二十七、八の男がいたと薄気味悪がってました。ええ、いま思い出しました」

「そいつの風体は？」

「黒っぽいスポーツキャップを深く被ってたそうです。それから、口髭を生やしてたと言ってましたね」

「そう。桐谷さんは襲われそうになったんだろうか」

「急に怪しい男が大股で近づいてきたんで、急いで自分の部屋に逃げ込んで事なきを得たと言ってました。その不審な男が、桐谷さんを車道に突き飛ばしたんじゃないのかな」

瑠衣が呟いた。そのとき、エレベーターから四、五人の男女が塊《かたまり》になって出てきた。

それを汐《しお》に、岩城たちは辞去した。九段分室を出て、スカイラインに乗り込む。

「駒月洋介は流通会社の配送センターで深夜勤務をして、昼間は大塚《おおつか》のワンルームマンションで寝てることが多いと資料に載ってたな」

「ええ」

「瀬島、そのワンルームマンションに行ってくれ」

岩城は指示し、背凭《せもた》れに上体を預けた。利佳が車を走らせはじめる。

駒月洋介が借りているワンルームマンションを探し当てたのは、およそ三十分後だった。三階建ての低層マンションは北大塚二丁目の外れにあった。

岩城たちはワンルームマンションの前に覆面パトカーを駐め、二階に上がった。

駒月の部屋は二〇二号室だった。利佳がインターフォンを押したが、なんの応答もなかった。

岩城はインターフォンを長く響かせつづけた。しばらくすると、ドアが押し開けられた。

現われたのは二十七、八歳の男だった。口髭を生やしている。背はそれほど高くなかった。

岩城は利佳と顔を見合わせてから、部屋の主に話しかけた。

「駒月洋介君だね？」

「そうだけど、おたくらは？」

「きみは池袋二丁目にある『スラッシュ』というネットカフェを利用したことがあるよな」

「いや、そんな店には行ったことないよ。それよりも、おたくらは誰なの？」

駒月が訊いた。演技をしているようには見えない。

「実は警察の者なんだ。きみが偽造運転免許証を使って『スラッシュ』に入店して、本庁捜査一課長に犯行声明のメールを送りつけたんじゃないのか。え？」

「犯行声明だって⁉」

「そうだ。メールの内容を言おうか。東京地検特捜部の桐谷恵美という検事を殺したのは自分だと告白し、冤罪を招いた警察関係者、検事、判事を順に抹殺していくという殺人予告をしなかった？〝抹殺屋〟という発信者名でさ」

「おれ、そんなことやってないっすよ」

「きみの父親は会社乗っ取り屋の杉江を刺殺した容疑で起訴された。無実だと訴えつづけたが、一年数カ月の獄中生活をして、心不全で急死してしまった。きみが司法関係者を逆恨みする気持ちは理解できなくもないよ」

「そんなことまで知ってるんなら、おたくらは偽刑事じゃないんだろう。冤罪で苦しめられた親父《おやじ》の仕返しをしてやりたかったけど、復讐は新たな報復を招くだけだからね。おれは本当に『スラッシュ』なんてネットカフェは一度も利用したことないし、犯行声明のメールなんか打ってないって」

「虚偽情報《ガセネタ》に振り回されたようだな。駒月君、勘弁してくれないか。軽率だったよ。この通りだ」

岩城は頭を垂《た》れた。横にいる利佳も深々と腰を折った。

「ちょっと気分を害したけど、わかってくれれば、別にいいよ。おれ、もう少し寝たいんだ」

駒月がそう言い、部屋のドアを閉めた。

岩城たちは苦く笑いながら、階段を駆け降りた。ワンルームマンションの敷地を出たとき、森岡から岩城に電話がかかってきた。

「ネットカフェの従業員たちから新証言は得られなかったよ。それから、『スラッシュ』の周辺の防犯カメラにも当該《とうがい》不審者は映ってなかったね」

「そうですか。駒月洋介は〝抹殺屋〟とは無関係でした」

岩城は経過を語った。

「なら、シロだな。少し前に柿沼将太の勤務先の事務機器会社に着いたんだけどさ、対象者《マルタイ》は営業活動で夕方まで戻らないらしいんだよ」

「それじゃ、おれたちも柿沼将太の勤務先に向かいます。会社は神田《かんだ》の岩本町《いわもとちょう》でしたっけ？」

「そうだよ。だけど、何も四人で柿沼をマークしなくてもいいんじゃないの？」

森岡が言った。

「柿沼将太が〝抹殺屋〟と深く関わってて、複数の仲間がいたとしたら、森岡・佃班だけでは手が足りないでしょ？」

「そうだな。〝抹殺屋〟が犯罪集合体で司法関係者を次々に始末する気でいるのかもしれないから、四人で動いたほうがよさそうだね。リーダー、待ってるよ」

「了解！」

岩城は電話を切り、利佳に次の指示を与えた。二人はスカイラインに走り寄った。

2

喉《のど》がいがらっぽい。

舌の先も少々、ざらついている。煙草の喫《す》い過ぎだろう。

岩城はそう自覚しながらも、ひっきりなしにセブンスターを吹かしていた。アジトの事務フロアにあるソファに坐っていた。東京地検の浦沢検事や須賀検察事務官に会った翌日の午前十時過ぎだった。三人の部下たちは、まだ来ていない。

前日、岩城たちペアは森岡・佃班と合流して、柿沼将太が営業先から戻るのを待った。二台の覆面パトカーは張り込みのポジションを三、四十分ごとに替え、辛抱強く待ちつづけた。

柿沼将太が勤め先に戻ったのは、午後六時数分前だった。ひとりではなかった。同僚と連れだっていた。

声をかけるのはためらわれた。チームは柿沼を遣《や》り過ごした。そのうち対象者がひとりで会社から出てくると予想した。

しかし、その予想は外れた。職場から現われた柿沼将太は三人の同僚社員と一緒だった。四人は勤め先の近くにある居酒屋に入った。

佃が、さりげなく柿沼を店の外に連れ出そうと提案した。だが、森岡と利佳は異論を唱《とな》えた。柿沼が法律を破っていなかったら、職権濫用《らんよう》になる。

相手は無法者ではない。ごく普通のサラリーマンだ。岩城は佃を説き伏せ、柿沼がひとりになるチャンスを待つことにした。二時間半も待たなければならなかった。

居酒屋から出てきた四人は短く立ち話をして、三対一に分かれた。三人は同じ通りにあるスナックの中に消えた。

柿沼は最寄《もよ》りの地下鉄駅に向かった。岩城は利佳と佃に柿沼に声をかけさせ、スカイラインの後部座席で自ら事情聴取した。

さんざん鎌をかけてみたが、柿沼が美人検事殺しに関与しているという感触はまったく得られなかった。〝抹殺屋〟と結びついている疑いはうかがえない。

岩城は柿沼将太を帰宅させ、部下たちと日比谷のアジトに戻った。行きつけのチャイニーズ・レストランで夕食を摂ったのだが、話は弾《はず》まなかった。

岩城は自宅マンションに帰り、部屋で待っていた片倉未穂と軽く酒を酌み交わしてから、いつものように肌を重ねた。

しかし、捜査が空回りしていたせいか、情事に没頭できなかった。そのことを敏感に感じ取った未穂は出勤前に、任務が完了するまで近づかないと小声で告げた。

もちろん、不満顔ではなかった。自分のわがままを恥じているように見えた。岩城は、未穂の気遣いをありがたく感じた。

同時に、自分の腑甲斐《ふがい》なさを情けなく思った。『シャドー』は名探偵の集団ではない。難事件をいつもスピード解決できるわけもなかった。土台、無理だろう。

しかし、チームは違法捜査が黙認されている。捜査本部がマークした人物の洗い直しに手間取り過ぎではないか。さすがに岩城は焦《あせ》りを覚えはじめた。

寺尾敏と及川久志が美人検事殺害事件に絡んでいないことは確認できた。駒月洋介と柿沼将太も〝抹殺屋〟とは何も繋《つな》がりはないと判断してもいいだろう。

消去法で考えると、『明進電工』が気になってくる。

だが、寺尾や及川と同じように捜査本部は『明進電工』も捜査対象から外した。灰色の部分はあっても、同社が桐谷検事殺害事件にはタッチしていなかったと断定したわけだ。

果たして、その通りだったのだろうか。何か見落としてしまったことがあったのかもしれない。美人検事が『明進電工』の粉飾決算の背景を熱心に調べていたのは事実だろう。

桐谷恵美は不正のからくりを見抜いたと推察できるが、それを証拠づけるものは職場にも自宅マンションにもなかった。実家や友人宅にも預けていない。

『明進電工』は長いことテレビとパソコン事業で黒字経営を誇ってきた。

だが、時代の変化で需要が減ってしまった。そんなことで、半導体の生産に力を入れた。

しかし、それだけではマンモス企業を支えることは難しい。『明進電工』は十年ほど前にアメリカの原子力大手『エナジーハウス』を巨額で買収した。

起死回生の方策は成功の兆《きざ》しを見せた。ところが、五年前に東日本大震災が起こった。福島原発事故以降、原発プラントの受注はゼロになってしまった。想定外の誤算だった。

そのせいで、『エナジーハウス』は単体で千六百億円もの減損を出した。そうしたつまずきが、収益の水増しという不適切会計問題も引き起こすことになったのだろう。

いま会社が原発ビジネスから手を引くわけにはいかない。現に今春に発表された『明進電工』の再建事業計画では原発ビジネスを主力に据えている。同社は、二〇三〇年までに原発四十五基の受注をめざしているようだ。継続的な収益が見込める原発の保守・点検事業に注力する計画も明らかにした。

スマートフォンなどに使うフラッシュメモリーの生産を強化し、新興国のエレベーター設置、水処理などインフラ事業も拡大予定らしいが、主力事業はやはり原発ビジネスだろう。

『明進電工』は事業売却と人件費の削減で二〇一七年三月期は四百億円の黒字を出せるだろうと楽観的だが、そう事が首尾よく運ぶかどうか。危ぶむ経済アナリストもいる。

捜査本部の調べによると、『明進電工』の荻健太郎副会長が前社長の春日勇に赤字隠しを指示し、利益のかさ上げを命じたことはほぼ間違いないようだ。

ただ、粉飾決算が報道されると、荻は春日に利益のかさ上げを命じた事実はないと明言した。東京地検特捜部の聴取にそう答えただけではなく、荻は会社の赤字隠しは今春まで社長だった春日が独断でやったことだと記者会見の席で言い切った。

自分だけ悪者にされた春日は荻に強要されて粉飾決算をしたことを暴《あば》き、両者は見苦しく罵《のの》り合った。水掛け論の決着は、まだついていない。

春日は責任を取らされ、社長の席を追われて現在は社外取締役にもなっていなかった。

要するに、切り捨てられたわけだ。

十年近く『明進電工』の社長を務め、数年前に副会長のポストに就いた荻はいまも要職にある。

前社長の春日は大学の先輩の荻に特別に目をかけられ、社長のポストを譲られた。そうした恩義があったので、荻副会長に命じられるまま赤字隠しを主導したのではないか。

春日自身にも弱みがあった。架空の接待交際費で毎月二百万円前後の金を得て、元ＡＶ女優を二年前から囲っていた。

役員時代からストレスを溜《た》めていたのか、春日は夜ごと愛人と〝幼児プレイ〟に耽《ふけ》っていたらしい。荻副会長には私生活の乱れを知られてもいたから、前社長は粉飾決算を部下たちにさせてしまったにちがいない。

殺された美人検事は、赤字隠しに絡む大きな犯罪を知ってしまったのではないか。そうだったとしたら、荻副会長か春日前社長のどちらかが捜査本部事件に深く関与していそうだ。

二人のどちらかが犯罪のプロに桐谷恵美を始末させ、〝抹殺屋〟の仕業《しわざ》と偽装したのだろうか。考えられないことではなさそうだが、そこまで手の込んだ工作は必要ない気もする。

岩城は、短くなった煙草の火を灰皿の底で揉み消した。

数秒後、懐で刑事用携帯電話《ポリスモード》が着信音を発した。部下の誰かが急に具合が悪くなったのか。

岩城は案じながら、ポリスモードを上着の内ポケットから摑み出した。

ディスプレイを見る。発信者は神保参事官だった。前日の捜査報告はしてあった。

「お待たせしました。参事官、まさか捜査本部が加害者を特定してしまったんではないですよね。事件が落着するのは喜ばしいことなんですが、チームとしては……」

「やはり、先を越されたくないよな？」

「ええ、そうですね」

「捜査本部に進展はないよ。担当管理官から報告を受けた捜一の理事官から少し気になる情報がもたらされたんだ」

「どんな情報なんでしょう？」

「玉川《たまがわ》署に『明進電工』の前社長夫人が、四、五日前から自宅周辺を柄の悪い男たちが三人もうろついて、時々、春日宅を覗き込んでると通報したそうなんだ」

「そうですか」

「社長を辞任した春日勇は二億五千万だかの退職金を貰ったんで、暮らしには困らないはずだ。しかし、完全リタイアするにはまだ若過ぎる。それで会社の取引先の非常勤役員として働かせてほしいと数社に打診したようなんだが、どうも仲違《なかたが》いした荻健太郎に妨害されたらしく、いまだに話がまとまってないそうだ。関係がうまくいってたときは、二人は実の兄弟のように親しくしてたらしいんだがね。赤字隠しの件の責任をなすりつけ合うようになってからは、お互いに敵意を剥き出しにして罵倒し合ってるようだな」

「大学の先輩後輩ということで親しみを感じてたというよりも、双方が利用し合えると思ってたんでしょう」

岩城は言った。

「そうなんだろうね。しかし、利害が対立したんで、どちらも本性を晒《さら》すようになった。世間にはよくある話なんだが、荻と春日の二人は保身ばかり気にしてたんだろうな」

「ええ。二人は自分らの経営能力のなさを株主や社員たちに知られたくなくて、大幅に利益を水増しして不正会計をした。役職が上の荻副会長が社長だった春日に粉飾決算しろと命じたんでしょうが、どっちもどっちだったんだと思いますよ。春日だって、自分に経営能力がないと株主、社員、取引先に知られたら、社長でいられなくなったでしょうから」

「そうだろうね。不正会計でその場を凌《しの》ごうとした二人は、同じ穴の狢《むじな》だな。わたしに言わせれば、二人とも同罪だよ」

「そう思いますね、こっちも」

「つい話を逸《そ》らしてしまったが、副会長の荻は前社長の春日に致命的な弱みを握られてたんじゃないのかね。春日前社長も会社の金を着服して元AV女優の久米麗花《くめれいか》を愛人にしてたことを荻に知られてしまったんだが、もっと強力な切札を持ってたんじゃないのか。そんな気がしてきたんで、理事官から聞いた話も岩城君の耳に入れておいたほうがいいだろうと思ったんだよ」

「そうですか。荻副会長は自分の急所を握ってる春日を生かしておくと命取りになると強迫観念にさいなまれ、荒っぽい男たちに……」

「春日を始末させようとしてるんじゃないのかね？」

「そうなんでしょうか」

「春日は会社を退《しりぞ》いてから、月の半分ぐらい千駄ヶ谷《せんだや》にある愛人宅で過ごしてたようなんだが、一週間ほど前から自宅にも元ＡＶ女優の家にもいないみたいなんだよ」

「春日は身に危険が迫ったことを感じて、三十二歳の愛人と一緒に姿をくらましたんでしょうか」

「そうなんだろうな。荻は粉飾決算をやらなければならないんで、何か汚い手を使って会社の社外取締役、監査役、全日本監査法人を抱き込んだのかもしれないぞ。その連中に副会長は『明進電工』の留保金を勝手に握らせたりしてな。五千万か、一億ぐらいずつ与えたのかもしれないね」

　神保が言った。

「参事官、『明進電工』は大企業ですが、何年も赤字だったんですよ。内部留保はゼロではなかったでしょうが、プール金は決して多くなかったはずですよ」

「そうか、そうだろうね。荻の役員報酬は少なくないだろうが、個人の金で社外取締役や全日本監査法人を抱き込むとは考えにくいよな?」

「ええ、それはちょっと……」

「抱き込みの軍資金が調達できないとなったら、相手に恐怖や不安を与えて言いなりにさせるんじゃないのか」

「抱き込む相手をとことん痛めつけても、すべてが威《おど》しに屈するとは思えません。勇敢な男たちも、大切にしてる家族に何かされたら、抗《あらが》いつづけることはできなくなるでしょうが」

「あっ、もしかしたら……」

「参事官、何か思い当たったんですね?」

「春日前社長は会社の与党総会屋の石橋勉《いしばしつとむ》、五十二歳をよくゴルフコンペに誘ってたらしいんだ。捜査資料にはそのことは記述されてないが、担当管理官が上司の理事官に報告したそうだよ。そのことを思い出したんだ。石橋は二十代のころに故人になった利権右翼の鞄持ちを務め、闇社会の有力者たちにかわいがられてたらしいんだ」

「そうですか。春日前社長は大学の先輩の荻健太郎の命を受けて、その石橋って会社の与党総会屋に社外取締役、監査役、決算のチェックをずっとやってきた全日本監査法人の代表のスキャンダルを押さえさせて、粉飾決算に目をつぶらせたのかもしれません」

「そうだったのかね。しかし、その程度のことをやらせたとしても、荻の致命的な弱みになるだろうか」

「大企業の副会長がそんなことを春日前社長に指示してたことが明るみに出たら、失脚することになるでしょう。しかし、荻の命令に従った春日も同罪だな。それでは、荻を震え上がらせることはできないでしょうね」

「岩城君、荻は与党総会屋の石橋に、ダイレクトに決算の監査をする連中に何かハードなことをやらせて、赤字隠しに協力させたとは考えられないか？」

「それ、考えられますね。荻は春日にそういう弱点を知られてるんで、石橋勉に前社長を始末させる気なんじゃないですか。春日の自宅の周《まわ》りをうろついてる奴らは、石橋に雇われた無法者なんでしょう」

「そうなんだろうな」

「参事官、石橋に関する情報を集めていただけますか。できたら、春日の愛人の久米麗花についても調べてもらいたいんですよ」

「元ＡＶ女優の個人情報や交友関係まで本家の者が集められるかどうかはわからないが、総会屋の石橋の情報はたやすく収集できると思うよ」

「そうでしょうね。予備知識を得られたら、チームは二手に分かれて春日の居所を突きとめ、石橋が荻副会長に直《じか》に何を頼まれたか調べ上げます」

「そうしてくれないか。石橋勉は素っ堅気じゃないんだ。追いつめられたら、牙を剝《む》いて反撃するだろう。油断したら、殉職しかねないぞ」

「メンバーの四人は、おのおのハンドガンとテイザー銃を携行してるんです。危なくなったら、拳銃を撃ちまくりますよ」

「そうしてくれないか。過剰防衛だったとしても、綿引刑事部長とわたしがきみたち四人を必ず守り抜くよ。だから、存分に暴れまくってくれ」

「そうさせてもらうつもりです。それでは、いったん……」

岩城は電話を切って、またもやセブンスターをくわえた。

3

全身の筋肉が強張《こわば》りはじめた。

同じ姿勢で張り込んでいるせいだろう。プリウスの車内は、スカイラインよりもだいぶ狭い。岩城は助手席に腰かけた状態で、上半身を左右に捻《ひね》った。運転席には佃が坐っている。

岩城たち二人は正午過ぎから、渋谷区鉢山町《はちやまちょう》にある石橋勉の自宅近くで張り込んでいた。いまは午後三時過ぎだ。

「車を出て、体の筋肉をほぐしたくなりますよね」

佃が言った。

「そうしたいとこだが、そうもいかない。柔軟体操なんかしてたら、付近の住民に怪しまれるだろうからな。それにしても、総会屋の石橋の自宅が豪邸なんで驚いたよ。敷地は百坪以上あるだろう」

「このあたりの地価は坪三百五十万前後はするでしょうから、土地値だけでも四億近くになるでしょう。でっかい邸宅も築十年は経《た》ってなさそうなんで、売るときは上物《うわもの》の値段もプラスされそうだな」

「石橋は『明進電工』の番犬として、ずいぶん汚れたことをやってきたにちがいないよ」

「そうなんでしょうが、それだけで超豪邸には住めないでしょ？　商法改正で総会屋たちはシノギが厳しくなったんで、企業恐喝で稼ぐようになりました。おそらく石橋も、有名企業の不正や弱点を恐喝材料にして、多額の口止め料をせしめてるんでしょう」

「だろうな。神保さんが集めた情報によると、石橋は関東やくざの御三家だけではなく、名古屋、関西、広島、福岡の暴力団ともパイプを持ってる。裏のネットワークで、ダーティーな仕事を引き受けてくれる人間は造作なく見つけられるにちがいない」

「ちゃんと盃《さかずき》を貰った組員たちも荒稼ぎできなくなってますから、三次や四次の下部団体《エダ》の準幹部クラスは生活保護を受けてる奴らが増えてるんです」

「喰《く》えなくなったヤー公なら、危《ヤバ》い仕事も喜んで請《う》け負《お》いそうだな。破門された元組員、半グレ、不良外国人たちも荒っぽいことをやって臨時収入を得てるから、石橋はダーティー・ビジネスの実行犯はいくらでも見つけられるんじゃないか」

「そうだと思います。石橋自身が直《じか》に手を汚すことは少ないでしょうが、強請《ゆすり》を働いてるにちがいないですよ。『明進電工』から相当な謝礼を貰ってるでしょうけど、それだけで邸宅には住めないはずです。カーポートには、ベントレーとレクサスが並んでましたでしょ？」

「ああ。税務署に申告しなくてもいい金をがっぽり稼いでるんだろうな」

「ええ、そうなんでしょう。森岡さんと瀬島は春日の愛人宅の近所で聞き込みをしてから、元AV女優の友人たちに会うことになってるんですよね？」

「そうだ。それで春日と久米麗花の居所がわからなかったら、『明進電工』の前社長の上《かみ》野毛《のげ》の自宅に回ることになってる。明るいうちに春日宅に柄の悪い奴らがうろつくことはないと思うが、前社長夫人が旦那に何かを届けに行くかもしれないからな」

「リーダー、それは考えられないんじゃないですか。春日は愛人と一緒に雲隠れしたんですよ。旦那から着替えや銀行のキャッシュカードを指定した所に持ってきてくれと言われても、奥さんは断るでしょ？」

「いや、わからないぞ。前社長夫人の真澄《ますみ》は夫に愛人がいることは面白くないと思ってても、離婚する気はないんだろう。春日は二億五千万前後の退職金を貰ったんだから、浮気に目をつぶれば、死ぬまで喰うには困らない」

「そうなんですが、夫に浮気されたわけですからね。別れれば、それなりの慰謝料は妻に入るでしょう」

「真澄はもう五十八だ。社長夫人だったから、世間体の悪いことはしたがらないと思うよ。たとえ、五、六千万の慰謝料を貰えたとしてもな」

「そんなもんですかね」

「おれは、そう踏んでる。だから、春日が潜伏先から女房に連絡して、何か頼みごとをするかもしれないと思ったんだよ」

「春日真澄が外出するようだったら、森岡・瀬島班が尾行すれば……」

「春日と久米麗花の居場所を突きとめられるかもしれない」

岩城は口を閉じた。

それから十数分後、利佳から岩城に電話がかかってきた。

「元ＡＶ女優は千駄ヶ谷の戸建《こだ》ての借家を春日に借りてもらってるんですけど、隣近所の方たちと挨拶《あいさつ》もしないんだそうです」

「それじゃ、何も手がかりは得られなかったんだろうな」

「ええ。それで、久米麗花のかつての仕事仲間たちに会ってみたんですが、プライベートなことを知ってる者はいませんでした。元ＡＶ女優のパトロンが『明進電工』の前社長だってこともわからなかったようですね」

「そうか」

「森岡さんが麗花の熊本の実家に電話をしてみたんですよ。でも、アダルト作品に出演して間もなく勘当されたとかで、親兄弟とは絶縁状態だったみたいなんです。千駄ヶ谷の借家に住んでることもまったく身内は知らなかったらしいんですよ。そんなことなんで、わたしたちは春日の上野毛の自宅に向かいます。それで、かまいませんね？」

「ああ、そうしてくれないか」

「リーダー、石橋勉は何か尻尾《しっぽ》を出しました？」

「いや、鉢山町の自宅から外出する様子がないんだ。おれたちは、このまま張り込みを続行する。森岡《モリ》さんにそう伝えといてくれないか」

岩城は電話を切り、利佳からの報告内容を佃に教えた。

「堅い家庭なら、娘がアダルト系の女優になったら、親は烈火《れっか》のごとく怒るでしょうね。兄弟もカッコ悪いと思って、困惑すると思います。ＡＶ女優からメジャーの芸能人になったケースは珍しくないんですけど、裸を売りものにした過去に偏見を持つ者も少なくないから……」

「そうだな」

「職業に貴賤《きせん》はないんですが、セックスを仕事にしてると、一段下に思われがちでしょう？　それぞれ何か事情があって、そういう職業に就いたんでしょうけどね。手っ取り早く稼げるんだろうけど、失うものも多いんだろうな。元ＡＶ女優たちは程度の差はあっても、孤立感を味わわされてるんじゃないんですか」

佃の口調には同情が込められていた。

「他人《ひと》の生き方をとやかく言うつもりはないが、安易な気持ちでアダルト系や風俗の仕事をはじめた娘《こ》たちはリスクを負わされるだろうな。しかし、自分がそうしたわけだから、生きづらくなっても仕方ないさ」

「自分も、そう思ってます。ただ、悪い男に騙《だま》されてＡＶに出演させられた女性たちはかわいそうですよね」

「そういう娘《こ》たちには、おれも同情するよ。しかし、昔と違って、そうしたケースは少なくなってるんじゃないか。聞くところによると、ボディーラインが崩れないうちにAVに出たいという女子大生、ＯＬ、主婦なんかが増えたらしいぞ」

「そうみたいですね。最近の二十代の女性は考え方がドライになってるのかな」

「そうなのかもしれない」

岩城は曖昧《あいまい》に笑った。

会話が途切れた。岩城たちコンビは、石橋邸から目を離さなかった。それでも、動きはなかった。

張り込みは、いつも自分との闘いだ。

捜査対象者が警戒心から、不用意な行動を慎むことがある。終日どころか四、五日張り込みつづけても、相手がボロを出さない場合が少なくない。

刑事たちは焦《じ》れて、つい捜査車輛から出たくなる。また、覆面パトカーを対象者宅に接近させてしまいがちだ。そんな場合は、マークした相手に張り込みを覚《さと》られやすい。張り込みには、愚直なまでの粘りが必要だ。

逸《はや》る気持ちを抑《おさ》えて、ひたすら対象者が動きはじめるのを待つ。それが原則だし、最善策でもある。

昭和時代は、いまのように覆面パトカーの台数が多くなかった。警察OBたちの話では、土砂《どしゃ》降りの雨の日や雪が降りしきる日でも、物陰に隠れて半日も張り込むことはざらだったそうだ。

真夏の炎天下の張り込み中に、いまでいう熱中症で倒れ込んだ刑事もいたらしい。そうした苦労がない今日《こんにち》の捜査員たちは楽なものである。ぼやいたら、罰《ばち》が当たるだろう。

「石橋、きょうは外出の予定がないんですかね。それとも、夕方以降にどこかに行くんだろうか」

佃が欠伸《あくび》を嚙み殺しながら、眠そうな声で言った。

「眠くなったようだな。おれがしっかり見張ってるから、仮眠をとってもいいぞ」

「いや、大丈夫です」

「おまえは車の運転をしてるんだから、おれよりも疲れてるはずだ。佃、少し居眠りをしろって」

「職務中に居眠りなんかできませんよ。そんなことをしたら、刑事《デカ》失格でしょ？」

「そう堅く考えるな」

「欠伸が出かかったことは認めますが、自分、別にダレてるわけじゃありませんから」

「わかってるよ。ロボットじゃないんだから、時には誰でも睡魔に襲われることがあるさ。おれに遠慮しないで、仮眠を取れって」

「もう眠気が吹っ飛びました」

「無理しやがって」

岩城は小さく笑った。

そのすぐ後《あと》、上着の内ポケットで刑事用携帯電話《ポリスモード》が着信音を響かせた。岩城はポリスモードを摑み出し、発信者を確かめた。神保参事官だった。

「役に立つかどうかわからないが、本事案の担当管理官が同県人の東京地検特捜部の由良部長から気になる情報を入手したんだよ。二人は愛知県人なんだそうだ」

「そうですか。参事官、気になる情報というのは？」

「財政経済班に今年の一月中旬、匿名《とくめい》の告発状が届いたそうなんだ。その内容は、十年ほど『明進電工』の監査をしてきた全日本監査法人が同社に抱き込まれて、粉飾決算をノーチェックで済まそうとしてる動きがあるという密告だったらしい」

「内部告発なんですかね、そこまで書いてるんなら」

「多分、そうだったんだろうな。全日本監査法人はおよそ四百人の公認会計士を抱え、大企業の会計をチェックしてる組織だ」

「ええ、そうですね」

「桐谷検事の上司である田辺班長は、ちゃんとした監査法人が鼻薬を嗅がされて、特定の企業の監査を甘くするはずないと内偵捜査の対象にはしなかったそうなんだ。ただ、匿名の手紙は廃棄しなかったらしい」

「参事官、桐谷恵美はその告発状を見たのかもしれませんよ」

「わたしも、そう思ったんだ。それで、美人検事は全日本監査法人の関係者に接触したんではないだろうか。内部告発者が誰かわからなかったんだろうから、全日本監査法人に所属してる公認会計士たちに探《さぐ》りを入れたのかもしれない」

「ええ、考えられますね」

岩城は同調した。

「『明進電工』の不正会計が問題化したとき、全日本監査法人の牧野継弥《まきのつぐや》代表、五十三歳は抱き込まれて監査に手心を加えたことは断じてないというコメントを出した」

「ええ、そうでしたね。しかし、チェック洩《も》れがあったことは認めました。『明進電工』に抱き込まれた事実はないと明言しましたが、チェックがずさんだったわけですから、悪事に加担したと思われても仕方ありません」

「そうだね。それなのに、地検特捜部の財政経済班は全日本監査法人の牧野代表に任意の事情聴取をしただけで、事案化はしなかった。田辺班長には内部告発状を受け取りながらも放置していたという後ろめたさがあったんで、事を大きくしたくなかったんだろうな。だが、桐谷検事は密かに独自で調べてたんではないのか。そういう筋読みは、こじつけかね？」

「その推測は外れてないと思いますよ。桐谷検事とコンビを組んでた須賀検察事務官に後《あと》で電話をして、そのあたりのことを確認してみます」

「そうしてくれるか。担当管理官も由良特捜部部長から内部告発状のことを聞いて、わたしと同じような筋の読み方をしてるみたいなんだよ」

「そうなら、もたもたしてられませんね。全日本監査法人の内部告発者に捜査本部が先にたどり着いたら、『シャドー』は敗北するかもしれませんから」

「捜査本部《チョウバ》の連中は、まだ内部告発者は割り出してない気がするね。しかし、職場で急に冷遇されたり、辞表を書いた者がいたら、その人物が内部告発者と考えるだろうな」

「ええ、告発者を割り出すのは時間の問題かもしれませんね」

「その件で新たな情報が入ったら、すぐ岩城君に教えよう」

神保が電話を切った。

岩城はポリスモードを折り畳み、佃に通話内容を話した。

「全日本監査法人の中に告発者がいたことは間違いなさそうですね。その人物はできれば自分の名前を明らかにして、牧野代表が『明進電工』に抱き込まれたことを告発したかったんだと思いますよ。しかし、そうしたら、職を失いかねません。それで、家族を路頭に迷わせてしまうのではないかと考えて……」

「実名で告発することは断念したと思われるな。それにしても、真っ当じゃないか。自分が損することを嫌う人間が多くなってるのに、そういう真っすぐな生き方をしてる者がいるだけで、なんか清々《すがすが》しい気分になるな」

「ええ、カッコいいですよね。自分も、そんなふうに生きたいな。でも、そこまで正義を貫く自信と覚悟があるとは言い切れません」

佃は、きまり悪そうな顔になった。

「こっちも同じだよ」

「リーダーは正義感も強いし、俠気《おとこぎ》があるから、いまも警察が組織ぐるみで裏金づくりに励んでると知ったら、すぐに内部告発するでしょうね」

「いや、裏金の一部を口止め料として吸い上げるよ」

「本気ですか⁉」

「冗談だよ。人事一課の首席監察官に密告《チク》るのは気が重いから、いまだに裏金づくりをやってたら、新聞社かテレビ局にリークするだろうな」

岩城は言って、検察庁九段分室に電話をかけた。電話を須賀検察事務官に回してもらう。

「お電話、替わりました。須賀です」

「警視庁の岩城です。お仕事の邪魔を何度もして申し訳ないが、ちょっと確かめさせてもらいたいことがあるんだ」

「何でしょう？」

「一月中旬に『明進電工』の粉飾決算に気づきながら、全日本監査法人がチェックをしないかもしれないという内容の内部告発状めいた郵便物が財政経済班に届いてただろうか」

「ええ、届きました。ですけど、田辺班長が内偵対象に選ばなかったんです。匿名の投書は放置されてたんですよ、しばらく。でも、桐谷さんがその内部告発状を読んで、密かに単独で調べはじめたんです」

「きみに手伝ってくれとは言わなかったのかな、桐谷検事は」

「はい。わたし、検事が公判の準備で忙しくなることはわかってましたんで、手伝いたいと申し出たんですよ」

「しかし、断られた？」

「桐谷さんが何か危ない目に遭《あ》うかもしれないかと心配してくれたんです。全日本監査法人の内部の不正をリークした者がいたら、その告発者は口を塞《ふさ》がれるかもしれません。監査を故意に甘くしたことを桐谷検事とわたしが調べ上げたら、二人とも命を狙われる恐れもありますでしょ？」

「ないとは言い切れないね」

「それですから、桐谷さんはわたしのアシストは必要ないとおっしゃったんですよ。口に出して、わたしまで危険に晒したくないなんて恩着せがましいことは言いませんでしたけどね。桐谷さんはこれ見よがしの優しさは示さないんです。さりげなく相手を労《いたわ》ったり、思い遣《や》るんですよ」

「スタンドプレイは嫌ってたんだ？」

「ええ、そうでしたね。本当に人間的に尊敬できる方だったんですよ。検事の死が惜しまれてなりません」

「善人ほど短命だという俗説があるが、その通りなのかもしれないな。ところで、桐谷さんは内部告発者を見つけ出すことができたんだろうか」

「そうなんです」

「桐谷さんは自分ひとりで大きな手柄を上げたかったんだろうか」

「そんな方じゃありませんよ、桐谷さんは。わたしが何か危ない目に遭うかもしれないか

「ええ。桜庭圭吾《さくらばけいご》という所属公認会計士だと言ってました。三十九歳で、離婚歴があるという話でした。その方は曲がったことが大嫌いなんで、ちょっとした不正でも許せないタイプみたいですね」

「ばか正直で、生真面目な男なんだろうな。奥さんは大変なんじゃないかな」

「鋭いですね。桜庭さんが堅物すぎるんで、奥さんは気が休まることがなかったんでしょうね。結婚生活は一年数カ月で終わったそうです」

「奥さんは離婚届に署名捺印《なついん》するとき、桜庭さんに『裁判官になるべきだったんじゃないの？』と皮肉を言ったみたいなんですよ。それほど結婚生活は息苦しかったんでしょうけど、そこまで言うのはよくないと思います」

「その桜庭氏は、いまも全日本監査法人で働いてるんだろうか」

岩城は訊いた。

「いいえ。桜庭さんは二月上旬に杉並区永福《えいふく》四丁目にある自宅マンションから忽然《こつぜん》と消えて、いまも行方がわからないんだそうです。部屋のドアはロックされてなかったらしいから、誰かに連れ去られたのかもしれませんね。桐谷さんはそう言って、とても心配してました」

「桜庭氏が内部告発者だと会社側が知ったら、もっともらしい理由で解雇しそうだな」

「クビは切られてないはずですよ。仮に桜庭さんを解雇しても、会社側は安心できませんでしょ？　全日本監査法人は『明進電工』に抱き込まれて、粉飾決算をちゃんとチェックしなかったわけですから。その不正を桐谷さんが立件できる物証を手に入れたら……」

「全日本監査法人も『明進電工』も、万事休すだね」

「刑事さん、不正会計にまつわる犯罪を暴《あば》かれては困る人たちが桜庭さんを拉致して殺害し、さらに桐谷さんの命を奪ったとは考えられませんか？」

　須賀瑠衣が言った。

「そう疑えないこともないな。桜庭氏の自宅マンション名までは憶えてないでしょう？」

「えーと、確か『永福パレスマンション』でした。桐谷さんは桜庭さんの部屋の号数までは教えてくれませんでしたけど、マンション名は正しいと思います」

「役に立ちそうな情報をありがとう」

　岩城は礼を述べ、電話を切った。ポリスモードを二つに折り畳み、瑠衣から聞いたことを佃に伝える。

「リーダー、真相が透けてきましたね。桜庭さんを拉致して美人検事を亡き者にしたのは、全日本監査法人の牧野代表、『明進電工』の荻副会長、春日前社長の三人の誰かなんだと思います。汚れ役を演じたのは、石橋と配下の者なんでしょう」

「そう疑えるな」

「森岡さんと瀬島は春日の自宅に向かってる途中でしょうが、先に桜庭さんの自宅マンションで聞き込みをしてもらったほうがいい気がしますね」

佃が言った。岩城は同意し、ポリスモードを開いた。森岡に連絡するつもりだ。

4

午後八時を過ぎた。

それでも、捜査対象者の石橋は動きだす気配がうかがえない。きょうは無駄骨を折ることになるのか。

岩城は悪い予感を覚えた。

すぐに自分を窘《たしな》める。執念と根気を失ったら、どんな捜査も進展しない。

「石橋、そろそろ動いてくれよ」

運転席の佃がぼやいた。

その直後、岩城の懐で刑事用携帯電話《ポリスモード》が鳴った。手早くポリスモードを摑み出す。発信者は瀬島利佳だった。

「報告が遅くなって、すみません。『永福パレスマンション』の居住者の多くは留守だったんで、なかなか聞き込みが終わらなかったんですよ」

「そうか。それで、何か手がかりは得られたのかな」

「ええ。桜庭圭吾さんは、やくざっぽい二人組に四〇五号室から拉致されたようですね。連れ去られる数日前に、柄の悪い二人の男が桜庭さんの部屋の様子をうかがってたらしいんですよ。四階に住んでる三人の居住者がそう証言してますし、桜庭さんが拉致されたと思われる晩、歩廊やエレベーターホールから人の揉み合う音がしたというんです」

「怪しい二人はどんな風体《ふうてい》だったんだって?」

「ともに三十歳前後で、ひとりは頭をくるくるに剃《そ》り上げてたそうです。もう片方は、右手の甲に卍《まんじ》の刺青《いれずみ》を入れてたって話でした」

「どっちもヤー公なんだろう」

「だと思います。森岡さんは、石橋勉がどこかの組員に桜庭さんを拉致させて、その夜のうちに殺害したという見方をしてます。リーダー、どうなんでしょう?」

「そう筋を読むこともできるが、まだ何とも言えないな」

「わたし、桜庭さんはどこかに監禁されてるような気がしてるんです。暴力団組員たちも、殺人が割に合わないことはよく知ってるはずですから、めったなことでは犯行に及ばないでしょう？」

「人殺しは確かに割に合わないんだが、桜庭氏が失踪したのは二月だ。四カ月近くも監禁するかね？　そんなに長く生かしておく理由はあるかな。桜庭氏は内部告発をしたと考えられるんだぞ。生かしておいたら、全日本監査法人と『明進電工』は社会的な信用を失って東京地検に起訴されるだろう」

「ええ、そうなるでしょうね。だけど、桐谷検事が押さえたと思われる粉飾決算の証拠物のありかがわかってません」

「ああ、そうだな」

「桜庭さんが証言しないよう手を打てば、全日本監査法人と『明進電工』は不起訴処分になるかもしれません。それまで桜庭さんが証言しないようにしておけば、何も殺さなくてもいいわけでしょ？」

「瀬島、成長したじゃないか。確かにそうだな。桜庭氏はどこかに監禁され、餓死しない程度の食料と水を与えられてるんだろうか」

「わたしは、そう筋を読んでるんです。そんなひどい状況が長くつづいたら、桜庭さんは精神のバランスを失ってしまうかもしれません」

「そうなったら、内部告発なんかできなくなるだろう。全日本監査法人の牧野代表は、それを狙ってヤー公に桜庭氏を拉致させたんだろうか」

「殺人教唆よりも、監禁教唆のほうが罪は軽いですよね。それだから、牧野代表は桜庭さんを殺さずに、不正会計に関わった者たちが不起訴処分になるまでどこかに監禁する気になったんじゃないかしら？」

「そうなのかもしれないな。拉致の実行犯二人は牧野が自分で見つけたんではなく、おそらく石橋勉に探してもらったんだろう」

「ええ、多分ね。これから、わたしたちは春日の自宅に向かうつもりですけど、石橋のほうはまだ何も動きがないんですか？」

「そうなんだ。きょうは空振りに終わるかもしれないが、もうちょっと粘ってみるよ」

「わかりました」

「春日の妻がどこにも出かけないようだったら、張り込みを切り上げて先に森岡《モリ》さんとアジトに戻ってくれ」

岩城は通話を打ち切り、佃に利佳の報告内容を伝えた。

「自分も、もう桜庭さんは殺《や》られてるだろうと思ってたんですよ。でも、瀬島の筋の読み方のほうが正しいのかもしれませんね。殺人教唆よりも、拉致監禁教唆罪のほうが刑は軽いですんで」

「そうだな」

「リーダー、牧野自身が内部告発しそうな桜庭さんを監禁する気になったんでしょうか。もしかしたら、『明進電工』の春日前社長が桜庭さんをどこかに監禁しようとしたのかもしれませんよ。そして、与党総会屋の石橋に二人の実行犯を見つけさせたんじゃないのかな」

「そうだったとも考えられるが、全日本監査法人の牧野代表も所属公認会計士の桜庭氏に不正を内部告発されたら、それこそ一巻の終わりだ。身の破滅を避けるため、ネットの裏サイトで二人の実行犯を見つけたのかもしれないぞ。そうじゃなかったとしたら、春日に泣きついたんだろうな」

「それで、春日は石橋に二人の実行犯を見つけさせたんですかね。どっちにしても、桜庭さんの失踪には牧野継弥と春日が関与してるにちがいありません」

佃が言った。

数分後、石橋邸のカーポートから黒いレクサスが滑り出てきた。ステアリングを握っているのは石橋だった。同乗者はいない。

「粘った甲斐《かい》があったな。佃、車間距離をたっぷり取ってレクサスを慎重に尾《つ》けてくれ」

岩城は指示した。

レクサスが遠のいてから、佃がエンジンを始動させた。ライトを点け、用心深く石橋の車を追尾しはじめる。

レクサスは旧山手《やまて》通りに出て、ほどなく国道二四六号に入った。玉川《たまがわ》通りだ。三軒茶屋《さんげんぢゃや》方面に向かい、東名高速の下《くだ》り線に乗り入れた。石橋が尾行されていることに気づいた様子はない。レクサスを高速で走らせている。

「石橋は、春日が愛人と一緒に身を隠してる場所に向かってるのかもしれませんね」

佃がプリウスのアクセルを踏み込んでから、岩城に話しかけてきた。

「そうなら、二人を締め上げるチャンスだな」

「森岡さんたち二人を春日宅に張り込ませるよりも、二台の覆面《メン》パトでレクサスをリレー尾行したほうがいいような気もしますが……」

「佃の勘が正しいかどうかわからない。瀬島に指示した通りに、二人には春日の妻の動きを探ってもらう」

「ですが、もう時刻が遅いでしょ？　奥さんが旦那の許《もと》に何かを届けに行くには……」

「夜が更けてから外出するほうが人目につきにくいじゃないか。春日は真夜中に妻と落ち合って、必要な物を受け取る気なのかもしれないぞ」

「そういうことも考えられますね、確かに。そうだったとしたら、いったい石橋はどこに行く気なんだろうか。郊外に愛人《レコ》を囲ってるんでしょうかね。それとも、桜庭さんが監禁されてる場所に向かってるのかな」

「行き先の見当はつかないが、八時を過ぎてから石橋は自宅を後《あと》にした。自分の姿やレクサスをあまり他人《ひと》に見られたくなかったんだろう」

「リーダー、石橋が人目につかない場所で、『明進電工』の荻副会長と落ち合うとは考えられませんか。荻は利益の水増しを春日前社長に指示した覚えはないと言い張ってますが、責任逃《のが》れをしたくて嘘を……」

「そうなんだろうな。春日は荻の弟分だったんだから、独断で赤字隠しをするなんてことはできっこない。荻副会長に命じられて、春日は全日本監査法人の牧野代表を抱き込んだにちがいないよ」

「自分も、そう睨んでます。全日本監査法人にとって、『明進電工』は大事な〝客〟なんでしょう。十年も高い監査料を払ってもらってたんだろうから、上客の頼みを無下《むげ》に断ることはできなかったんじゃないですか」

「牧野は監査を甘くするのはまずいことだと思いつつも、『明進電工』との関係がぎくしゃくすることを恐れたんだろう」

岩城は言った。

「それは間違いないでしょう。どんな大企業でも同じでしょうけど、立場の弱い相手には無理難題を吹っかけますからね。大手メーカーに泣かされてる下請けや孫請け会社は数多いはずです。顧問弁護士や監査法人だって、大会社には逆らえません。まして立場が弱い社外取締役、監査役はたとえ企業不正に気づいたとしても、苦言を呈することなんかできないでしょう」

「そんなことをしたら、自分らのポストに就いていられなくなるだろうからな。誰も我が身がかわいいもんさ。あえて損するようなことはしない。それが一般的な人間だろう」

「ええ。出世した連中は世渡りの上手な利己主義者なんでしょうが、荻副会長は薄情ですよね。都合の悪いことは弟分の春日に押しつけて、ばっさりと斬り捨てたようですから。前社長が勝手に会社の赤字隠しをしたと断言して、記者会見で春日に裏切られたと悔しがって見せたんだから、喰えないおっさんですよ」

「その記者会見の模様はおれもテレビで観《み》たが、春日は我が耳を疑うような顔をしてから、猛然と反論しはじめた。自分は副会長に目をかけてもらった恩義があるんで、良心を捩伏《ねじふ》せて収益の水増しをしてしまったんだと弁明してた」

「二人はまるで子供みたいに責任をなすりつけ合って、いまにも取っ組み合うような感じでした。会見の席にいたマスコミ関係者だけじゃなく、テレビの視聴者の大半は呆《あき》れてたと思いますよ。打算だけで結びついてた二人の関係は、実に脆《もろ》いもんですね。見苦しい場面を目にしなければなりませんでしたが、いい勉強になりましたよ」

佃が口の端を歪《ゆが》め、ステアリングを握り直した。

前を行くレクサスはひた走りに走り、厚木《あつぎ》I　C《インターチエンジ》で一般道に下りた。プリウスもハイウェイから離れた。

レクサスは厚木市と伊勢原《いせはら》市の間を抜け、清川《きよかわ》村方面に向かった。

「まさか石橋は自分らの張り込みにとうに気づいてて、淋《さび》しい場所に誘い込む気なんじゃないだろうな。そこには短機関銃《サブマシンガン》を持った野郎が待ち受けてて、いきなり掃射してくるんじゃないですかね」

「佃、そうだったら、銃撃戦を繰り広げようじゃないか」

「もちろん、すぐに反撃しますよ。しかし、敵がロケット弾を次々に放って、手榴弾《しゅりゅうだん》を投げつけてきたら、苦戦しそうだな」

「そのときは、いったん退避してゲリラ戦法で闘い抜く。佃、いいな！」

「なんかリーダーは愉《たの》しそうですね。グロック32の銃身が熱を持つまで連射したくなったんじゃありませんか？」

「そういう佃も、声が弾んでるぞ」

「ここだけの話ですけど、動く標的を撃ち倒したときの快感はたまりませんからね。獣を狙うよりも、人間をシュートするほうが……」

「危ない奴だな。なるべく急所を外して撃てよ。敵の連中を皆殺しにしたら、捜査がトカゲの尻尾切りで終わりかねないからな」

「わかってます」

「スモールライトに切り替えたほうがいいな。前を走ってるのは、石橋の車だけになったから」

岩城は言った。佃が言われた通りにして、少し減速した。

レクサスは道なりに進み、小さな温泉街の先にある清川カントリークラブの外周路をたどりはじめた。それほど広いゴルフ場ではない。

石橋がレクサスのブレーキを踏んだのは、グリーンが途切れるあたりだった。すぐにライトが消され、エンジンも切られる。

佃がレクサスの五十メートルあまり後方にプリウスを停止させた。

「石橋は誰かと落ち合うことになってるようですね。リーダー、どう動きましょう？」

「車を降りて、外周路の左側の雑木林に走り入ろうや。そして、中腰でレクサスに接近する」

「了解です。石橋と待ち合わせてる人間をまず確認する。そういう段取りですね？」

「そうだ。早くライトを消すんだ」

岩城は命じた。佃が命令に従う。

二人は静かにプリウスを降りた。姿勢を低くして、外周路の左側の自然林の中に足を踏み入れる。

地虫が鳴き熄《や》んだ。新緑の匂いが濃厚で、むせ返りそうだ。土の匂いもする。

岩城は樹木の間を先に縫《ぬ》いはじめた。佃が後から従《つ》いてくる。

下生えが伸び、チノクロスパンツの裾がたちまち夜露で濡れた。地に落ちた朽葉《くちば》も湿っていて、かさこそとは鳴らない。

月は浮かんでいなかった。

星明かりも淡い。レクサスの近くまで進んでも、石橋に気づかれる心配はないだろう。

岩城たち二人は、レクサスにできるだけ近寄った。すぐに屈《かが》み込む。

石橋はレクサスの運転席で紫煙をくゆらせている。やはり、人待ち顔だ。誰と会うことになっているのか。

早く知りたい。もどかしがる自分を密かに叱る。かたわらにしゃがんだ佃も、焦《じ》れったそうな顔をしていた。

五、六分が流れたころ、外周路の右手からドルフィンカラーのＢＭＷが走ってきた。7シリーズだった。新車なら、一千万円前後はするのではないか。高級ドイツ車の所有者は、それなりの収入を得ているのだろう。一介の勤め人ではなさそうだ。

ＢＭＷが、レクサスの四、五メートル後ろに停まった。すぐにライトが消された。運転席から降り立ったのは、全日本監査法人代表の牧野継弥だった。ラフな身なりをしている。

石橋がレクサスから出て、牧野に歩み寄った。

「金は持ってきてくれたよな？」

「車のトランクルームに入ってる」

「出してもらおうか」

「わかったよ」

牧野がＢＭＷの後ろに回り、トランクリッドを開けた。両手でビニールでコーティングされた紙製の手提《さ》げ袋を持ち上げ、自分の足許に置いた。

「ちゃんと一千万円、持ってきてくれたな？」

「ああ」

「電話でも言ったけどさ、この金はあんたから脅し取ったわけじゃないからな。借りるだけなんだ、催促なしでな。えへへ」

「本当に借りるだけだと言うんだったら、一応、借用書を書いてもらおうか。返済期限は、ブランクでもいいから」

「牧野さん、冗談だろ？　だよなっ」

石橋が声のトーンを変えた。

「半分は本気だよ」

「ほう、急に強気になったじゃないか。心境に変化があったらしいな」

「わたしは、おたくに五百万円を脅し取られた」

牧野が腹立たしげに言い、トランクリッドを乱暴に閉めた。

「人聞きの悪いことを言うなよ。おれは五百万ほど借りただけじゃないか。恐喝なんかしてない。五百万を用立ててもらうとき、借りると何遍《なんべん》も言っただろうが！」

「そう言ってたが、実際は恐喝じゃないか。きょう持ってきた一千万と前に渡した五百万はくれてやる。その代わり、これっきりにしてもらうぞ」

「おれにそんなことを言ってもいいのか。え？　あんたは、おれに大きな借りがあるんだぞ。まさかそのことを忘れたわけじゃないよな」

「それは……」

「どうなんでえ！」

石橋が凄《すご》んで、牧野の胸倉《むなぐら》を摑んだ。

「おたくの協力には感謝してるよ。しかしね、桜庭の件では八百万の謝礼を払ったじゃないか」

「謝礼は貰ったよ。けどさ、おれは二人のやくざ者を使って内部告発しそうだった桜庭圭吾って奴を鍋《なべ》割山《わりやま》の貸山荘に閉じ込めさせて、四カ月も見張らせてるんだ。汚れ役の二人に四百万円ずつ渡してやったから、おれの取り分はゼロだったんだよ」

「だからって、わたしから千五百万をせびろうなんて強欲だよ」

「金は借りただけと言ってるじゃねえか」

「もっともらしいことを言うなっ」

「あんた、自滅したくなったのかい？『明進電工』の春日前社長に粉飾決算をノーチェックにしてくれた全日本監査法人と会社を救ってくれないかと頭を下げられたんで、おれはあんたらに協力する気になったんだぜ。春日さんには何かと世話になったが、あんたにはなんの借りもない。そうだろうが！」

「別に貸しはないよ。だが、桜庭の拉致監禁の謝礼八百万のほか、おたくに千五百万もせびられたんだ。もう貸し借りはないはずだよ。手を放してくれ」

「あんた、おれを怒らせたいのかっ。おれはな、誠和会の関根《せきね》と仙川《せんかわ》って組員を使って危《ヤバ》いことをしたんだ。春日さん絡みの頼みごとだから、協力したんだよ。あんたは、おれにもっともっと感謝すべきなんじゃないのかっ」

「わたしにどうしろって言うんだ？」

「あと千五百万、工面《くめん》してもらおうか。あんたは、安定した監査法人の代表なんだ。年収が一億以下ってことはないよな。おれに貸してくれるトータルで三千万円なんか煙草銭みたいなもんじゃないのか。な、牧野さんよ」

「そんな金は回せないっ」

「開き直ったら、あんたは桜庭の監禁教唆で手錠《ワッパ》打たれることになるんだぜ。それでも、いいのかよ？」

「おたくを道連れにしてやる」

「てめえ、本気なのか⁉」

「春日前社長も道連れにしてやるよ。赤字隠しに協力してくれと前社長が涙声で頼んできたんで、わたしは不本意ながら……」

「ふざけたことを言いやがって」

「殴りたければ、殴ればいいさ」

牧野が挑発し、顎を突き出した。

石橋が怒声を張り上げ、牧野を突き飛ばした。すぐに前に踏み込み、仰向けに倒れた牧野の喉笛を蹴りつける。

牧野は手脚《てあし》を縮めて、ひとしきり唸った。いかにも苦しげだ。

「あと千五百万、十日以内に用意しろ。また、連絡するよ」

石橋は言い放って、札束が詰まったと思われる手提げ袋を片手で持ち上げた。かなり重そうだった。

不意に牧野が立ち上がり、腰に挟んだスパナを引き抜いた。石橋は牧野に背を向けている。隙《すき》だらけに見えた。牧野が三十センチほどのスパナを振り上げ、石橋の後頭部を強打した。一度ではない。二度だった。

石橋は手提げ袋を地べたに落とし、その場にうずくまった。動物じみた声を発し、上着のポケットを探《さぐ》った。

数秒後、乾いた銃声が響いた。石橋は護身銃を握っていた。型《タイプ》までは判然としない。幸い牧野は被弾しなかった。

「行くぞ」

岩城は佃に声をかけ、先に外周路に躍《おど》り出た。佃がつづく。

石橋が体の向きを変え、照準を牧野の額に定めた。岩城は急いでグロック32をホルスターから引き抜き、安全装置を外した。

岩城は石橋の左脚を狙って、引き金を絞った。銃声が夜気を裂く。

放った銃弾は命中した。石橋が声をあげ、前のめりに倒れた。

佃がシグ・ザウエルP230Jを構えながら、石橋に駆け寄って最初に護身銃を取り上げた。

岩城も石橋に走り寄った。佃が押収したのはDIデービスP-380だった。アメリカ製の安価なポケットピストルだ。全長は十三センチ七ミリしかない。フル装弾数は六発である。

「自分らは警視庁の者です」

佃が牧野に声をかけた。牧野が安堵した表情になった。

「桜庭圭吾さんは、まだ生きてるんだな。監禁場所を正確に教えないと、もう一発ぶち込むぞ」

岩城は石橋に言った。

「くそっ、ツイてねえや」

「そっちが東京地検特捜部の桐谷という女検事を誠和会あたりの構成員に始末させたの

か？」

「な、何を言ってやがるんだ⁉　おれは誰も殺《や》らせちゃいねえよ。早く救急車を呼んでくれねえか」

「出血多量で死ぬようなことはないだろうが、取り調べが先だ」

「なんて日だ」

石橋が拳《こぶし》で地面を叩いた。ややあって、佃が口を開いた。

「本家に出動要請したら、桜庭さんの救出に向かいましょうね。森岡さんと瀬島も呼びましょう」

「そうしよう」

岩城はグロック32の安全弁を掛け、ホルスターに戻した。

第五章　意外な事件背景

1

血臭《けつしゅう》が漂いはじめた。

石橋は腹這いになって、高く低く唸《うな》りつづけている。スラックスの片方は鮮血に塗《まみ》れていた。岩城はライターの火を消した。

止血しなければ、失血死しかねない。応急手当てをしたほうがよさそうだ。

「桜庭の監禁場所を詳しく教えたじゃねえか。早く救急車を呼んでくれよ。うーっ、痛《いて》え。痛くて気が遠くなりそうだ。目が霞んできた」

「それだけ喋《パク》れりゃ、意識を失うことはないさ。救急車を呼んだら、そっちは幾つもの容疑ですぐに逮捕られることになるぞ」

岩城は石橋に言った。

「そいつは覚悟してらあ。もたもたしてたら、出血多量で死んじまう。おれは、まだ死にたくねえ」

「その程度の銃創《じゅうそう》なら、失血死することはない。おれは正当防衛で、何人も犯罪者をシュートした。だから、被弾した奴の傷口や出血量で命を落とすかどうかわかるんだ。そっちは死なないよ」

「外科医じゃあるめえし……」

「ドクターじゃないが、おれは必要に迫られて、何度か弾頭を摘出したことがある。埋まった弾《たま》を抜けば、痛みはだいぶ弱まるはずだよ」

「だから、なんだってんだっ」

「アメリカみたいに司法取引が認められてるわけじゃないが、おれたちの捜査に協力してくれれば、そっちが誠和会の関根と仙川に桜庭氏を拉致監禁させたことは大目に見てやってもいい。それから、アメリカ製の護身銃を所持してたことにも目をつぶってやろう」

「ほ、本当なのか⁉」

石橋が這《は》ったまま、小さく振り返った。

「ああ」

「けど、あんたに弾頭を抜いてもらうのは勘弁してくれや。素人《しろうと》に摘出手術をしてもらったら、破傷風《はしょうふう》になっちまいそうだからな」

「心配するなって。覆面《メン》パトに医療器具のセットと消毒液、麻酔液アンプル、抗生物質も積んである。メスを使っても大丈夫だよ」

「そう言われても、素人に外科手術をしてもらうのは……」

「裏取引に応じないなら、正当防衛に見せかけて二、三発撃ち込むことになるぞ」

「あんたら、本当に刑事なのかよ⁉　何を言ってるのか、自分でわかってるのか。頭がおかしいんじゃねえの？」

「偽警官じゃない証拠を見せてやろう」

岩城は、懐からＦＢＩ型の警察手帳を取り出した。佃が心得顔で小型懐中電灯を取り出し、岩城の手許を照らす。

石橋が肘《ひじ》を使って上体を浮かせ、大きく振り返った。

「それ、摸造警察手帳じゃないよな？」

「本物だよ。裏取引に応じる気になったか？」

岩城は問いかけ、警察手帳を上着の内ポケットに戻した。そのとき、地べたに坐り込んでいる牧野が抗議するように言った。

「警察が裏取引をしてもいいのかっ。石橋は性質《たち》の悪い男なんだぞ。わたしの弱みにつけ込んで千五百万の口止め料を脅し取って、さらに千五百万も要求したんだ。救いようのない悪党じゃないか」

「その通りだな」

「だったら、監禁教唆、恐喝、銃刀法違反で緊急逮捕すべきだ。石橋の悪事を見逃すなら、わたしが桜庭を閉じ込めてもらったことも大目に見てほしいな」

「あんたは少しの間、黙っててくれ」

「そうはいかないよ。裏取引に応じてもらえるなら、おたくらの条件も言ってくれないか。いくら出せば、何も知らなかったことにしてもらえる？」

「牧野代表を少しの間、眠らせてくれ」

岩城は佃に命じた。佃が牧野の背後に回り込み、利き腕を喉元に押し当てる。

わずか数秒で、チョーク・スリーパーは極《き》まった。牧野が喉の奥で呻き、横に転がった。じきに動かなくなった。

「救急医療セットを取ってきます」

佃が岩城に告げ、プリウスを駐《と》めてある方向に走りだした。

二台の覆面パトカーには、救急医療セットを常に積んであった。捜査中にメンバーが怪我をした場合、応急手当てをするためだった。外科手術用のメスも救急箱に入っているが、岩城は本気で弾頭の摘出手術をする気になったわけではない。

裏取引を持ちかけるための口実だった。石橋は失血死する不安を覚えているにちがいない。その恐怖を取り除いてやって、知りたいことを相手から聞き出そうと考えたのだ。

「あんたの相棒は、牧野を裸絞めで落としたんだろ？」

石橋が痛みに耐えた表情で、岩城に訊いた。

「そうだ。相棒は、どんな相手でも十数秒で眠らせることができるんだよ。それだけじゃない。あらゆる関節をあっという間に外せる。そっちも痛みを堪《こら》えられなくなったら、チョーク・スリーパーを掛けてもらえよ。そのまま、永久に息を吹き返さないかもしれないがな」

「そんなのはご免だ！　くどいようだが、あんたに弾頭の摘出をしてもらうのも……」

「ノーサンキューか？」

「ああ。でも、さっきの裏取引の話が嘘じゃないんだったら、あんたらに協力すらあ」

「そうか」

「おれのベルトを抜いて、それで脚《あし》の付け根をきつく締め上げてくれねえか。傷口の血を早く止めないと、危《ヤバ》いことになりそうだからな」

「革ベルトで止血するのは難しい。救急医療セットに止血バンドが入ってるから、そいつで一時、血流を遮断《しゃだん》してやるよ。血が止まれば、不安は消えるだろう」

「ああ、多分な」

「実は、おれたちは世田谷署管内で三月四日に殺された桐谷恵美という女検事の事件を担当してるんだ。これまでの捜査で、桐谷検事が『明進電工』の不正会計のからくりを調べてたことはわかってる」

「その女検事が春日さんや牧野の周辺を嗅ぎ回ってたことは知ってるよ」

「春日は牧野を抱き込んで、赤字隠しに目をつぶらせたんだな？」

「そうだよ。春日さんは、そのうち牧野に会社から一億円の協力謝礼を払うつもりだと言ってた。だから、おれは先に牧野から四、五千万いただくつもりだったんだ。牧野が反撃してきたんで、計画はオジャンになっちまったけどな。スパナが滑ってくれたんで、頭蓋《ずがい》骨《こつ》は陥没しなかったけど、ものすごく痛かったよ。瘤《こぶ》から少し血も出てる」

「頭の打撲傷はたいしたことないな。それより、しつこいようだが、春日に桐谷検事を始末してくれと頼まれなかったか。え？」

岩城は小型懐中電灯の光を石橋の顔に向けた。石橋が目を細めた。

そのとき、佃が駆け戻ってきた。岩城は、佃に止血バンドを使うよう指示した。佃が手際よく石橋の脚の付け根に止血バンドを嵌《は》めた。

「しばらくしたら、血は止まるだろう。さっきの質問に答えろ」

「春日前社長に頼まれたのは、全日本監査法人の所属公認会計士の桜庭圭吾を五、六カ月どこかに監禁してくれってことだけだよ。牧野は桜庭が『明進電工』の赤字隠しに加担したことを内部告発しそうなんで、ビビってたんだ」

「桜庭氏に内部告発されたら、『明進電工』は大変なことになる。春日は焦《あせ》って、そっち以外に桐谷検事を片づけてくれと頼んだんじゃないのか。そういう気配はうかがえなかったのかい？」

「春日さんは、女検事殺しにはタッチしてないよ」

「そう言い切れるのは、桐谷検事が集めた立件材料を春日前社長が手に入れたからじゃないのか？」

「そういう話は聞いてないよ。それだったら、春日さんも牧野も桜庭圭吾が粉飾決算のことを暴《あば》こうとしても、そんなに慌てなかったはずだろうが。女検事は、『明進電工』が牧野を抱き込んで赤字隠しに協力させた確証は得てなかったんだと思うよ」

「いや、そんなはずはないな。不正の立件材料を手に入れたから、事故に見せかけて殺されることになったにちがいない」

「ああ、そうなるわけか。けど、おれは春日さんに桜庭を拉致監禁してくれる実行犯を見つけてくれって頼まれただけだって。で、よく知ってる誠和会の関根大輔《だいすけ》と仙川佳和《よしかず》に話を持っていったわけだ。どっちも三十そこそこだから、少しまとまった銭が欲しかったんだろうな。すぐに危《ヤバ》い仕事を引き受けてくれたよ」

「頭をスキンヘッドにしてるのは、どっちなんだ？」

「それは関根だよ」

「仙川は、手の甲に卍《まんじ》の刺青《スミ》を入れてるな？」

「そこまで知ってるのか⁉」

「どっちかが口髭を生やしてるんじゃないのかい？」

「いや、二人とも一度も髭なんか伸ばしたことないよ」

「そうか」

岩城は短く応じた。美人検事を車道に突き飛ばしたのは、関根でも仙川でもなさそうだ。

「春日さんは恩のある荻副会長のために損な役回りを演じたのに、結局、兄貴分には庇《かば》ってもらえなかった。荻さんに裏切られたと思ってるだろうな」

「春日は愛人の久米麗花と一緒にどこに隠れてるんだ？」

「おれは知らないよ。春日さんの携帯は、ずっと電源が切られてる。まったく連絡がつかなくなっちまったんだ」

「春日は、東京地検特捜部に捕まることを恐れてるんだな？」

「それもあるだろうけど、荻さんが殺し屋を雇って自分の口を封じるかもしれないと考えてるんじゃないのか。赤字隠しを春日さんに命じたのは荻副会長だからな。副会長は保身本能の塊《かたまり》だから、第三者を使って弟分だった春日さんを殺《や》りかねない。くそっ、痛みがひどくなりやがった」

石橋が呻いて、地面を掻《か》き毟《むし》った。

そのとき、牧野が息を吹き返した。佃が岩城に声をかけてきた。

「もう一度、チョーク・スリーパーを掛けましょうか？」

「いや、いいよ。本家のメンバーが来る前に、全日本監査法人の代表に確認したいことがあるんだ」

「それじゃ、自分が石橋を見張ってます」

「ああ、頼む」

岩城は佃に言い、大股で牧野に近づいた。牧野の上体を起こし、地べたに片膝を落とす。

「現職刑事が違法捜査をしてもいいのかっ」

「よくはないだろうが、必要悪なんだ。悪知恵を働かせる犯罪者には、まともな捜査では太刀打ちできないんでな」

「だからといって……」

「おれたちを刑事告訴しても、別にかまわないぞ。あんたも裁《さば》かれることになるがね」

「裏取引に応じるとか言ってたじゃないか。わたしの拉致監禁教唆に目をつぶってくれたら、それ相応の礼はするよ」

「『明進電工』から粉飾決算をスルーさせてやった協力謝礼金を一億ほど貰えることになってるようだが、まだ銭は受け取ってないんだろう?」

「石橋が喋ったんだな」

「そうだ」

「金は都合つけるよ。だから……」

「気が変わったんだよ。誰とも裏取引はしない」

「なんで急に気が変わったんだ?」

牧野が言った。その声に、石橋の言葉が被った。

「てめえ、おれを騙《だま》しやがったな。話のわかる刑事もいるもんだと思ってたが、最初っから裏取引をする気なんかなかったんだろうが！」

「やっとわかったか。反則技だが、こういう捜査の仕方もあるんだよ」

「違法じゃねえかっ」

「頭にきたんだったら、おれを訴えろよ。そうしたら、そっちを殺人未遂、恐喝、拉致監禁教唆、銃刀法違反、公務執行妨害のほかに三つ四つの嫌疑をプラスして、地検送りにしてやる」

岩城はうそぶいた。石橋が舌打ちして、すぐに黙り込んだ。

「桜庭氏が東京地検特捜部財政経済班に不正会計を告発する内容の匿名投書をしたことは知ってたんだろう？」

岩城は、うなだれている牧野に問いかけた。

「えっ、そうなのか⁉」

「知らなかったようだな」

「ああ、知らなかったよ。桜庭は同僚の何人かに内部告発しようと呼びかけてたようなんだ。同僚のひとりがそのことをわたしにこっそり教えてくれたんだよ。正義感が人一倍強い桜庭は同調者がいなくても単独で内部告発すると思ったんで、『明進電工』の春日前社長に相談に行ったんだ」

「春日は会社の赤字隠しのからくりを世間に知られることを回避したくて、石橋に桜庭氏を拉致してくれそうな奴らを見つけさせたわけだな？」

「そうだよ。石橋は誠和会の構成員の関根と仙川に桜庭を鍋割山の麓《ふもと》にある貸別荘に監禁させて、餓死させない程度に喰い物と水を与えてたんだ」

「貸別荘は誰が借りた？」

「石橋が借りたんだが、偽名を使ったんだよ」

「関根と仙川は貸別荘に泊まり込んで、桜庭氏の見張りをしてるんだな？」

「そうだよ。両足首に鉄亜鈴《てつあれい》を括《くく》りつけてるから逃げられないと思うが、念のために泊まり込んでもらってる」

「あんたは貸別荘に出かけて、桜庭氏の様子を見に行ってたんじゃないのか？」

「月に二、三度はロッジに通ってるが、建物の中には一度も入ったことがないんだ。いつも物陰に隠れて、貸別荘の中を覗いてた」

「後ろめたくて、貸別荘の中に足を踏み入れることができなかったんだろうな。そうなんだろ？」

「そうだよ。桜庭は優秀なスタッフなんだが、真面目すぎるんだ。世の中は綺麗事ばかりじゃないのに、ほんの小さな不正にも黙ってられない性分《しょうぶん》なんだよ。あいつに内部告発なんかされたら、全日本監査法人は確実に廃業に追い込まれるだろう」

「身から出た錆《さび》だな」

「わたしは苦労して、優れた公認会計士をあちこちから引き抜き、組織を大きくしてきたんだ。スタッフが頑張ってくれたおかげで、大企業から仕事の依頼がたくさん舞い込むようになった。桜庭が清濁併《あわ》せ呑《の》める人間なら、つまらない内部告発などする気にはならなかったんだろうが……」

「つまらない内部告発だって!?　桜庭氏がまともで、あんたは真っ当な人間じゃないんだ」

「青臭いことを言うなよ」

牧野が小ばかにした笑いを拡《ひろ》げた。

岩城は牧野を睨《ね》めつけた。牧野が気圧《けお》されたらしく、伏し目になった。

「ろくな食事を与えられない上に体も自由に動かせないわけだから、桜庭氏は日ごとに弱ってしまったんだろうな」

「見るたびに、瘦《や》せ細ったね。そのせいか、目だけが目立つようになった。床《ゆか》に横たわって、虚《うつ》ろな目で天井や壁をぼんやりと眺めてることが多かったな。ひょっとしたら、桜庭は精神のバランスを崩してしまったのかもしれない」

「そういうことも考えられるな」

「もう内部告発なんかできないだろうと判断できたら、わたしは石橋に桜庭を解放してやってくれと言おうと思ってたんだ」

「もう遅い！　あんたは自分のとこの大事なスタッフに冷酷なことをしたんだぞ。卑劣も卑劣だ」

「そうなんだが、せっかく築き上げた会社をなんとしても存続させたかったんだよ」

「エゴイストめ！　あんたはそこそこの社会的地位を得たんだろうが、人間としての評価はゼロだな。服役して、桜庭氏に詫《わ》びつづけろ。てめえの将来のことなんか考えないで、ひたすら謝罪しつづけるんだな。そうしなければ、あんたはリセットできないぞ。いや、しちゃいけないんだ」

岩城は牧野に言い渡し、佃のそばまで歩いた。

コンビは石橋と牧野を放置したまま、時間を遣《や》り過ごした。森岡・瀬島班がスカイラインで駆けつけたのは、支援要請してから一時間数十分後だ。

岩城は、二人に経過を伝えた。話し終えて間もなく、今度は特命捜査対策室の室員が四人到着した。

岩城はリーダー格の主任に経緯を明らかにして、石橋と牧野の身柄を引き渡した。石橋は厚木市内の救急病院で弾頭の摘出手術を受けてから、中野の東京警察病院に移すことになった。

『シャドー』の四人は二台の車に分乗して、桜庭が監禁されている貸別荘に向かった。

目的地は五キロそこそこしか離れていなかった。貸別荘をわざと通過して、林道にスカイラインとプリウスを駐めた。

一帯には、十数棟のロッジが飛び飛びに並んでいる。電灯が点いているのは、一棟だけだった。監禁場所として石橋に教えられた六号棟だ。

四人は二手に分かれ、六号棟の裏手に回った。佃がピッキング道具を使って、キッチンのドア・ロックを外す。

メンバーはそれぞれハンドガンを手にしてから、家屋の中に忍び込んだ。全員、土足だった。抜き足でキッチンを抜け、広い玄関ホールに移動する。

玄関ホールに面した大広間《サロン》のドアは、開け放たれていた。

岩城はサロンの中を覗いた。スキンヘッドの男と手の甲に卍《まんじ》の彫りものを入れた男がリビングソファに腰かけ、缶ビールを傾けていた。

近くの床には、両足首に鉄亜鈴を括りつけられた四十絡みの男がくの字に横たわっている。痩せて骨張っていた。

岩城は部下たちに合図して、真っ先にサロンに踏み込んだ。森岡、佃、利佳の三人がつづいた。

「て、てめえら、誰だよ⁉」

スキンヘッドの男が缶ビールを持ったまま、弾かれたように立ち上がった。

「警視庁の者だ。おまえは誠和会の関根だなっ。片割れは仙川だろ？」

「そ、そうだけど」

「おまえら二人が桜庭氏を拉致して、ここにずっと監禁してたことはわかってるんだ。二人とも床に伏せて、両手を頭の上で重ねろ！」

「令状《オフダ》見せてくれや」

仙川が脚を組んで、息巻いた。岩城はにっと笑って、卓上の缶ビールを撃ち砕《くだ》いた。宙に浮いたアルミ缶から、泡《あわ》混じりのビールが飛散する。

「仙川、逆らうな。もう諦めようや」

関根が床に這った。ワンテンポ遅れて、仙川もソファとコーヒーテーブルの間に伏せる。

森岡に促され、佃と利佳が二人の拉致監禁犯に後ろ手錠を掛けた。岩城は拳銃をホルスターに収め、桜庭に語りかけた。

「警視庁の者ですが、あなたを保護にきたんですよ。もう安心ですから」

「保護？　安心って、どういう意味なのかな。わたしには、よくわからない」

「桜庭さん、牧野代表も捕まってますから、もう怯《おび》える必要はなくなったんですよ。代表はあなたに『明進電工』の赤字隠しの件を内部告発されては身の破滅なんで、総会屋の石橋に拉致の実行犯たちを探してもらったわけです」

「牧野代表って、わたしの知ってる方なんですか？　わたし、自分がどこの誰かわからなくなってしまったんですよ。桜庭というのは、わたしの姓なんですか？」

「そのこともわからなくなってしまったのか。強いショックを受けて、一時的に記憶喪失に陥ったんだろうな」

「わたしは、どんなショックを受けたんでしょう？」

桜庭が真顔《まがお》で質問した。

岩城はとっさに返事ができなかった。桜庭が横になったまま、焦点の定まらない目を向けてきた。

岩城は立ち尽くし、頭の中で返す言葉を探しはじめた。三人の部下は固まっていた。

後ろ手に会議室のドアを閉める。

『シャドー』のアジトだ。岩城は窓側に並んで坐っている三人の部下たちを見やりながら、ドア寄りの椅子に腰かけた。

2

石橋勉と牧野継弥の身柄を本家の捜査員たちに引き渡し、桜庭圭吾を保護した翌日の午後二時過ぎである。前夜、岩城は特命捜査対策室の主任のポリスモードを鳴らし、協力を要請した。

貸別荘で五十分ほど待つと、本家のワンボックスカーが二台やってきた。そのうちの一台には、被弾した石橋と牧野が乗せられた。保護された桜庭は、もう一台の警察車輌に収容された。誠和会の関根と仙川は、石橋たち二人と同じ車に押し入れられた。

岩城たち四人は本家の車が走り去ってから、貸別荘の隅々まで検《しら》べた。しかし、捜査本部事件に関わりのありそうな物は何も見つからなかった。

『シャドー』のメンバーはいったんアジトに戻り、それぞれ帰宅した。岩城が塒《ねぐら》に帰りついたのは、きょうの午前二時過ぎだった。

それでもメンバーは全員、午前九時過ぎには『エッジ』に顔を出した。神保参事官がアジトを訪ねてきたのは、午前十一時半を回ったころだ。

参事官の情報で、本家の動きはわかった。石橋は厚木市内の救急病院で緊急手術を受け、今朝《けさ》早く中野の東京警察病院に移された。そこで、本格的な取り調べを受けた。供述内容に変わりはなかった。

保護された桜庭は都内の大学病院に収容され、すぐに健康状態をチェックされた。痩せて体力は著《いちじる》しく低下していたが、内臓に特に異状はなかった。ただ、ショック性の記憶喪失になっていた。まともな事情聴取はできなかった。

石橋、牧野、関根、仙川の四人は、特命捜査対策室の室員たちに厳しく取り調べられた。もはや観念したらしく、揃って素直に犯行を認めた。しかし、美人検事殺しに絡んでいた者はいなかった。

愛人と姿をくらました『明進電工』の春日前社長か、荻副会長のどちらかが犯罪のプロに桐谷検事を葬らせた疑いは拭《ぬぐ》えない。

「リーダー、久米麗花と一緒にいなくなった春日の居所を突きとめるにはだいぶ日数がかかると思うよ」

森岡が発言した。

「でしょうね。数え切れないほど春日の携帯に電話をしたけど、いつも電源は切られてた。妻の真澄とも連絡もとってないようですよね？」

「ああ、夫に何かを届けに行くような様子は見せてない。春日は荻が刺客《しかく》を放つかもしれないと感じたとき、逃亡資金をたっぷりと用意したんじゃないか。金さえあれば、必要な物はたいがい手に入る。女房に着替えやキャッシュカードをどこそこに持ってきてくれと頼まなくても済むわけだ」

「ええ、そうですね」

「赤字隠しは春日が勝手にやったんじゃなく、恩義のある荻副会長に指示されたことはほぼ間違いない。全日本監査法人の牧野代表を抱き込めと命じたのも、荻なんだろう。内部告発しかけた桜庭を拉致して五、六カ月どこかに閉じ込めておけと春日に耳打ちしたのも……」

「荻と考えてもいいでしょう」

岩城は言った。

「そこまでわかってるんだから、荻を直《じか》に揺さぶってみようや」

「森岡《モリ》さんがもどかしくなる気持ちはわかるが、一連の事件の首謀者と極《き》めつけるだけの確証はない。石橋は春日前社長に頼まれて、誠和会の関根と仙川に桜庭氏を拉致させたとしか自白してないですから」

「石橋は、荻が首謀者だと吐くと何かと損だと考えて……」

「春日が首謀者と言って、荻副会長を庇《かば》い通す気なのかもしれないですよ」

「前社長の春日は、アンダーボスに過ぎないんだろう。黒幕の荻が殺し屋に自分の命《タマ》を狙わせるんじゃないかという疑心暗鬼が膨らんだんで、愛人《レコ》の麗花と身を隠す気になったんだろう。もちろん、粉飾決算や監禁教唆で検挙《アゲ》られたくないという気持ちもあったんだろうけどさ」

「荻が弟分の春日をダミーの首謀者にして、後ろで糸を操《あやつ》ってたんでしょう。赤字隠しの件で荻副会長は地検特捜部に一度だけ任意で事情聴取されましたが、春日に全責任を負わせる魂胆《こんたん》であることは見え見えですんでね」

「そうだよな。だから、荻にいろいろ鎌をかければ、きっとボロを出すにちがいないよ。リーダー、その作戦でいかない？」

「その前に春日の居所をなんとか突きとめて、口を割らせるべきでしょう。荻に消されるかもしれないと思ってるとしたら、春日は首謀者が誰かあっさり吐くと思いますよ」

「そうかな」

森岡が小首を傾げ、口を結んだ。

一拍置いて、佃が岩城に発言の許可を求めた。岩城は無言でうなずいた。

「久米麗花に罠を仕掛けてみてはどうでしょう？」

「どんな罠を仕掛けようっていうんだい？」

「元ＡＶ女優は、パトロンの春日がいろいろ悪さをしてることは勘づいてるんじゃないですかね？」

「かもしれないな。もともと麗花は楽して贅沢したかったんで、春日の愛人になったんだろう。〝幼児プレイ〟好きのパトロンの相手を務めれば、多額の手当を貰える。だけど、いずれ春日は逮捕されると思ってるんじゃないのかな。パトロンの逃亡資金がなくなったら、元ＡＶ女優は離れそうだね」

「自分も、そう思います。すぐに次のパトロンが見つかるという保証はありません。先行きの不安もあるでしょうから、いい話には喰《く》いついてくると思うんですよ。熟女アダルトＤＶＤをシリーズで撮《と》るから、カムバックしないかと……」

「おぬしも悪よのう」

岩城は茶化した。

「ギャラを弾むと言えば、麗花は話に乗ってくると思うんです。もう普通のＯＬにはなれないでしょうし、クラブホステスになるには年齢がネックになるんじゃないですか」

「何年かクラブで働いてたんなら、チーママとして雇ってくれる店があるかもしれないがな」

「ええ。春日の愛人は『スワン映像』のアダルト作品によく出てたんですよ」

「やだ、精《くわ》しいのね。佃さんは、その種の映像のマニアだったのか。わーっ、イメージ崩れちゃう」

　利佳が小さく苦笑した。

「マニアってほどじゃないよ。結婚してても、そういうアダルト作品をたまに観《み》るもんさ。瀬島の彼氏だって、そうした映像は観てたと思うぜ」

「男って、どうしようもない動物だわね」

「所詮《しょせん》、オスだからな」

「こら、佃！　おまえ、瀬島と彼を喧嘩させたいのかっ」

　森岡が声を尖《とが》らせた。

「いや、そんなつもりはありませんよ」

「だったら、くだらないことを言うんじゃない。セクハラになるぞ」

「森岡さんこそ、もっと際《きわ》どいことを瀬島に言ってるじゃないですか」

「おれはいいの」

「どうしてですか？」

「瀬島を艶《つや》っぽい会話もできる大人の女にしてあげようと、わざと品のないことを言ってるから」

「そういう意味での大人の女になりたいと思ってませんから、ノーサンキューです」

利佳が森岡を甘く睨《にら》んだ。森岡は、笑ってごまかした。

「話が脱線したが、佃、先をつづけてくれ」

岩城は促《うなが》した。

「はい。『スワン映像』の関係者の誰かが久米麗花の携帯か、スマホのナンバーを知ってるかもしれないでしょ？　いまでも親交のあるスタッフがいたら、元ＡＶ女優の居場所も知ってるかもしれません」

「そこまで期待はできないだろう。しかし、麗花のテレフォンナンバーを知ってる知り合いがいないとも限らないな。佃、プリペイド式の携帯を使って『スワン映像』に問い合わせてみてくれ」

「わかりました」

佃が椅子から立ち上がって、会議室のドアに向かう。ドアが閉まってから、森岡が岩城に話しかけてきた。

「そんな手で春日と愛人の居所がわかるんだったら、苦労しないよな。佃は、まだ甘いね」

「森岡《モリ》さん、わかりませんよ。AV業界は特殊で狭い社会のようだから、人間関係は濃密なんじゃないのかな。いまは業界を離れた人間でも、個人的な繋がりはありそうですよ」

「そうだとしたら、リーダーの言った通りなのかもしれないな」

「『スワン映像』のスタッフの誰かが久米麗花といまも親交があったとして電話番号を教えてくれたとしても、佃の仕掛ける罠に引っかかってくれるかどうかわかりません」

「やすやすとは引っかからないんじゃないのかね」

「そうだろうな」

岩城は言葉を切って、利佳に訊いた。

「瀬島はどう思う?」

「AV業界のことは全然わかりませんけど、映像制作会社に気の合うスタッフがいたら、業界を離れても交友はつづくと思います」

「元AV女優はブランクがあっても、熟女アダルト物に出演する気になるだろうか」

「さあ、どうなんでしょうね。わたしは元AV女優の性格なんかを知ってるわけではないんで……」

「愚問だったな」

「すみません」

「瀬島が謝ることないよ」

「は、はい」

「捜査資料によると、『明進電工』の荻副会長は会長の畠中敦《はたなかあつし》、六十五歳とは反《そ》りが合わないようだな」

「ええ、何か確執《かくしつ》がありげですね。畠中会長は不適切会計がマスコミで取り上げられたとき、自分と一緒に責任を取って辞任しようと荻健太郎に言ったようですよ。でも、副会長はポストにしがみついた。畠中会長は荻を監視する必要があると感じて、結局、自分も辞することはしなかったんでしょうね」

「そういうことなら、畠中会長の代理人と称して春日の妻に電話をして、会長の一存で前社長を社外取締役にすることになったという作り話をする手もあるな」

「やり方がフェアではありませんけど、奥さんは喜ぶでしょうね。その話をすぐに夫に伝えたい気持ちになるかもしれませんが、ずっと携帯の電源が切られてるみたいですから……」

「ふだん使ってた携帯かスマホの電源は切りっ放しにしてあるんだろうが、ひょっとすると、春日は別の機種も持ち歩いてるのかもしれないぞ。それで、そちらの携帯かスマホで妻に捜査関係者が自宅に迫ったかどうかも……」

「ええ、訊いてるかもしれませんね。そうだったら、畠中会長の代理人の話をすぐ夫に教えると思います。社外取締役は社長のポストよりは格下ですけど、また『明進電工』に関われるわけですからね」

「そうだな。荻副会長に詰め腹を切らされた恰好《かっこう》で会社を去ったままよりは、はるかにいいだろう」

「ええ」

「佃が元AV女優の連絡先を調べられなかったら、おれは畠中会長の代理人を装って春日の自宅に電話をしてみるよ。そして奥さんから、旦那の居所を上手に聞き出す」

「その手も試《ため》してみる価値はありそうですね」

利佳が口を閉じた。

ちょうどそのとき、佃が会議室に戻ってきた。プリペイド式の携帯電話を手にしている。

「リーダー、『スワン映像』の専属スタイリストの女性がいまも久米麗花とつき合いがあって、スマホの番号を教えてくれましたよ」

「佃、やったじゃないか」

「たまたま運がよかっただけですよ。それより、春日の愛人は驚くことに本名でアダルト映像に出てたそうです」

「芸名じゃなかったのか。それじゃ、親に勘当されても仕方ないな」

「そうですね。すぐに久米麗花に電話をしてみてくれ」

岩城は言った。

佃が岩城の正面の椅子に腰かけ、プリペイド式の携帯電話の数字キーを押しはじめた。岩城たち三人は一斉に佃に視線を注いだ。

ほどなく電話が繋がった。

「わたし、映像プロデューサーの青戸《あおと》といいます。久米麗花さんでらっしゃいますね？」

「…………」

「『スワン映像』のスタイリストさんから、あなたのスマホの番号を教えていただいたんですよ。用件は出演交渉なんです。熟女シリーズと銘打って十二巻撮《と》ることになったんですが、イメージ通りの女優さんがいなかったんですよ」

「…………」

「もちろん、あなたが引退されたことは存じてますよ。はい、三十二歳になられたことも知っています。いえ、まさに熟《う》れごろじゃないですか」

「…………」

「気にするほどのブランクじゃありませんよ。あなたのファンだった方たちが大喜びされるでしょう。羞恥心《しゅうちしん》の欠片《かけら》もない二十代前半の女優は使えません。その点、あなたは恥じらいのあるエロティシズムの美しさをみごとに演じてらした」

「…………」

「お世辞なんかではありませんよ。ギャラは破格です。一本三百万円です。拘束するのは四日だけですからね」

「…………」

「信じられないでしょうが、はったりなんかではありません。出資者がベンチャービジネスで数百億の資産を得た方なんですよ。もともとはAVのコレクターなんですが、わたしのシナリオが前衛的だとおっしゃって出資してくれることになったわけです」

「…………」

「絡みの男優さんは、あなたが選んでくださっても結構です。ただし、十二人の相手役を決めてくださいね」

「…………」

「東京にはいらっしゃらないんですか。千駄ヶ谷のお宅にうかがうつもりでしたが、どんなに遠方でも問題ありません」

「…………」

「クランクインの予定は一カ月後です。ですが、そちらの予定に合わせます。ありがとうございます。すんなりと話を受けてもらえるとは思ってませんでしたので、とても嬉しいです」

「…………」

「水上《みなかみ》温泉の『ホテル清風園《せいふうえん》』に投宿されてらっしゃるんですね。あっ、そうなんですか。そういうことでしたら、お連れの方がいらっしゃる九〇五号室にはうかがいません。その点はご安心ください」

「…………」

「復帰されることは、クランクアップまで伏せておきます。はい、ロビーから久米さんにまたお電話します。ホテルのティールームかグリルでお目にかかって、ざっとシナリオに目を通していただいてから話を進めさせてもらうつもりです」

「…………」

「出資者には、近いうちにお引き合わせします。ちょっと別の用事を片づけてから、車で群馬に向かいます」

「…………」

「そうですね。関越《かんえつ》自動車道の下《くだ》り線が混んでなければ、午後七時前後にはホテルに到着すると思います。それでは、後《のち》ほどお目にかかりましょう」

通話が終わった。

佃が携帯電話を折り畳み、にんまりと笑った。

「おまえ、詐欺師になれるよ。刑事《デカ》を辞めて、結婚詐欺《アカサギ》で稼ぐか。佃は優男だから、引っかかるカモはたくさんいるだろう」

「森岡さん、もう少し違う誉め方をしないと、佃さんが傷つくんじゃありません？」

利佳が笑いながら、ソフトに注意した。佃自身は意に介していない様子だった。

「おれ、表現が下手だからな。悪気はないんだが、デリカシーがないんだろうね。な、リーダー？」

「佃は気にしてませんよ。頃合を計って、みんなで水上温泉に行こう」

岩城は椅子から、ゆっくりと立ち上がった。

3

見通しは悪くない。

『ホテル清風園』は、湯檜曾《ゆびそ》温泉街のほぼ中央にある。ホテルの全景と専用駐車場がよく見える。『シャドー』の二台の覆面パトカーは、『ホテル清風園』の斜め前の暗がりに縦列に並んでいた。

午後九時数分前だ。

岩城はスカイラインの運転席に坐っていた。助手席には森岡が腰かけている。後方のプリウスには利佳と佃が乗り込んでいた。

水上に到着したのは数十分前だった。映像プロデューサーに化けた佃は、むろん久米麗花には電話をかけていない。

「もう元AV女優は、偽映像プロデューサーからの連絡は待っていないだろう。多分、麗花は九〇五号室で〝幼児プレイ〟の相手をさせられてるころだと思うよ」

森岡が言った。

「そろそろ部屋に押し入るか」

「リーダー、そうしようや。ホテルの九階には防犯カメラが設置されてるはずだから、ピッキング道具を使わないほうがいいんじゃないの？」

「そうですね。おれと佃がフロントで身分を明かして、九〇五号室に投宿してるのは公金横領犯と愛人だという作り話をします」

「それだけじゃ、ホテル側はマスターキーでロックを解いてくれないんじゃないの？」

「でしょうね。横領犯は警察の追っ手が迫ったことを察し、部屋で無理心中を図る恐れがあると言いますよ。そんなことをされたら、ホテルは大迷惑でしょう？」

「そうだな。令状がなくても、すんなりと九〇五号室のドアを開けてくれそうだな」

「多分、うまくいくでしょう。森岡《モリ》さんは、瀬島と一緒にエントランスロビーで待機してください。ホテルマンがドアのロックを外してくれたら、すぐに二人を呼びますから」

「わかった。瀬島に段取りを教えておくよ」

「お願いします」

岩城は車を降り、後ろのプリウスに近づいた。助手席の佃を指差す。

すぐに佃がプリウスを降りた。岩城は段取りを佃に手短に伝えた。

二人は足早に進み、『ホテル清風園』のロビーに足を踏み入れた。右手にフロントがあった。岩城たち二人は、フロントに急いだ。三十代後半に見えるフロントマンに警視庁の刑事であることを告げた。

岩城は、とっさに思いついた作り話をした。

「九〇五号室にお泊まりになってるお客さまがまさか公金横領を働いて、愛人と逃亡中とは思いませんでした」

フロントマンが驚いた顔つきになった。

「おそらく横領犯はもう逃げ切れないと観念して、連れの女性を先に殺し、すぐに自分も……」

「当ホテルで無理心中などされたら、とても困ります。はっきり申し上げると、大変な迷惑ですね」

「そうでしょう。ですから、マスターキーで九〇五号室のドアを開けてほしいんですよ」

「警察には協力は惜《お》しみませんが、令状が裁判所からまだ下《お》りてないというお話ですので、マスターキーを使っていいものかどうか。わたくしの一存では決められないことです。総支配人に相談させていただけませんでしょうか」

「こうしてる間にも、犯人は無理心中を図ってしまうかもしれない。警察が責任を取りますんで、なんとか協力してほしいんですよ」

「しかし、独断でお客さまの部屋に勝手に入ったりしたら、後《あと》でプライバシーの侵害ということになるでしょう」

「手遅れになってもいいなら、総支配人の指示を仰《あお》いでもらってもかまいません。ただ、公金横領犯が無理心中を遂げたら、客足は遠のくだろうな」

「そ、それは困ります。今月は、ただでさえ売上が落ちていますので」

「こんな遣《や》り取《と》りをしてる間に、九〇五号室で……」

「わかりました。わたしの独断で、九〇五号室のドア・ロックを解除いたしましょう」

「無理を言って申し訳ない。よろしく！」

岩城は軽く頭を下げた。

フロントマンが背後のキーボックスに手を伸ばした。岩城たちコンビは、少しフロントから離れた。待つほどもなくフロントマンが歩み寄ってきた。三人はエレベーター乗り場に足を向け、九階に上がった。

フロントマンがマスターキーを使い、九〇五号室のドア・ロックを外した。

「ご協力に感謝します。あなたは、フロントに戻られたほうがいいな。横領犯が逆上して、あなたに危害を加えることも考えられるんでね」

岩城はフロントマンの耳元で囁《ささや》いた。

「まさかそんなことは……」

「そうした事例があったんですよ、東京のシティホテルでね」

「本当ですか⁉ 来月、妻が二人目の子供を産む予定なんですよ」

「あなたに万が一のことがあったら、奥さんはシングルマザーとして二人のお子さんを育てなければならなくなる。苦労されるでしょうね」

「わたし、フロントに戻らせてもらいます」

フロントマンが言って、そそくさとエレベーターホールに向かった。その後ろ姿を見ながら、佃が口を開いた。

「リーダーの演技力は見習わなきゃいけないな」

「森岡《モリ》さんに電話して、瀬島と一緒に九階に上がってもらってくれ」

岩城は部下に指示して、白い布手袋《ぬのてぶくろ》を両手に嵌《は》めた。佃が九〇五号室から五、六メートル離れ、懐から刑事用《ポリスモード》携帯電話を摑み出した。

通話は数十秒で終わった。

佃もポリスモードを上着の内ポケットに収め、手袋をした。二分ほど経《た》つと、森岡と利佳がエレベーターホールの方から急ぎ足でやってきた。

岩城は九〇五号室のドアをそっと開け、抜き足で入室した。三人の部下がつづく。控えの間付きの部屋だった。右手にベッドルームがある。

岩城は足音を殺しながら、寝室に近づいた。ツインベッドの間に、白いバスローブ姿の春日が見える。

岩城はベッドルームに入り、横に歩いた。ベッドとベッドの間にバスローブを羽織《はお》った女性が俯《うつぶ》せに倒れ込んでいる。その首には、バスローブのベルトが二重に巻かれていた。

春日がベルトの両端に手を掛けている。

「警視庁の者だ。あんたが愛人の久米麗花を絞殺したんだなっ」

岩城は声を張った。部下たちがベッドルームになだれ込んできた。

「ち、違うんだ」

春日が首を振りながら、急いで立ち上がった。岩城は春日に接近した。

「どう違うんだい？」

「わたしがシャワーを浴びてベッドルームに来たら、麗花が倒れてたんだ。彼女は先にシャワーを浴びて、わたしを待ってたんだよ」

「それで？」

「麗花の首にバスローブのベルトが二重に回されてたんで、わたしは驚いて手首に触れてみたんだ。だけど、脈動《みゃくどう》は熄《や》んでた。誰かが部屋に侵入して、わたしがシャワーを使ってる間に麗花を絞め殺したにちがいない。バスローブのベルトが巻きついたままじゃ、かわいそうじゃないか。だから、ベルトを外してやろうとしてたんだ。わたしが麗花を殺したわけじゃないっ」

「そんな言い訳は通用しないだろう。ドアは、ちゃんとロックされてたんだ」

「犯人がピッキング道具か何かで外側からロックして、それから逃げたんだろう」

「本当に殺《や》ってないのか？」

「ああ。なんてことになってしまったんだ」

春日が両手で頭髪を掻き毟《むし》って、片方のベッドにへなへなと坐り込んだ。

佃が岩城の横を通り抜け、麗花のそばに屈《かが》み込んだ。軽く元ＡＶ女優の肩を揺さぶってみたが、なんの反応もない。

佃が麗花の右手首に指を当てる。

「やはり、脈は打ってません」

「そうか」

岩城はいったん言葉を切り、春日を見据えた。すると、春日が低い声で言った。

「七時ごろから、なんか麗花はそわそわしてたんだよ。しきりにスマホの着信履歴をチェックしてたんだ。彼女はわたしが『明進電工』の社長職を解任されることになったんで……」

「パトロンに見切りをつける気になって、別れ話を切り出そうと考えてたんじゃないかってことかな？」

「そうだったのかもしれない。だけど、自分ひとりでは心細いんで、知り合いの男をここに呼んだんじゃないかな。しかし、いざとなったら、麗花はわたしと別れるのはもったいないと思い直したのかもしれない。少しまとまった額の退職金が入ったんで、わたしは麗花に貴金属類を気前よく買い与えてたんだよ。だから、いまパトロンと別れるのは損だと思ったんじゃないのかな」

「応援に駆けつけた者は、あんたの愛人の決意がぐらついたことに対して強く詰《なじ》った。それで、口論になったんじゃないかと言いたいんだな？」

「そうだったんじゃないか。麗花は加勢してくれる奴に別れ話をうまくまとめてくれたら、百万、いや、二百万ぐらいの謝礼を払うと約束してたんだろうな。相手は当てが外れたんで、怒って麗花を衝動的にバスローブのベルトで絞め殺したのかもしれない」

「あんたの推測通りなら、数十分前に部屋に忍び込んだ者がいるはずだ。九階の防犯カメラの画像をチェックすれば、すぐにわかるだろう」

岩城は春日に言って、佃に目配せした。

佃が無言でうなずき、ベッドルームを出ていった。

「なんで警察が、このわたしを追ってるんだね？」

　春日が岩城、森岡、利佳の顔を順に見た。最初に口を開いたのは森岡だった。

「まるで心当たりがない？」

「ああ、ないね」

「空とぼけたって、時間の無駄ですよ。全日本監査法人の牧野代表がおたくに抱き込まれて、『明進電工』の赤字隠しに協力したことを認めてる。そのうち会社から牧野に一億円の謝礼を払うことになってたらしいね」

「牧野は、そんなことまで喋ったのか」

「与党総会屋の石橋勉も、もう観念してる。全日本監査法人所属の桜庭という公認会計士が『明進電工』の粉飾決算のことを内部告発しかけたんで、誠和会の二人の組員に拉致させて貸別荘に四カ月近くも監禁させたことを自供した。もう何もかも白状したほうがいいんじゃないかな」

「わたしは何かと世話になった荻副会長に命じられたことを渋々ながら……」

「やっただけだ？」

「そう、そうなんだよ。赤字隠しはよくないことだと思ってたんで、本当は指示に従いたくなかったんだ。しかし、いろいろ借りがあったんでね」

「おたくは荻副会長が強く推《お》して役員たちに根回ししてくれたんで、社長になれたようだな」

「その通りだよ。でもね、不適切会計のことが報道されると、荻副会長はすべての責任をわたしに被せた。信頼してた人物に裏切られたショックは大きかったよ」

「そうでしょうね」

　利佳が話に加わった。

「きみも刑事さんなの？」

「ええ、そうです」

「美人の刑事は警視庁にはひとりもいないという話をどこかで聞いたことがあるが、それは事実じゃないんだね」

「わたしに興味を持ってくださったようですけど、久米麗花さんのスペアにはなりませんよ。わたし、幼児プレイの相手をするほどアブノーマルじゃないんで」

「どこでそんなデマを聞いたか知らないが、わたしを変態扱いしないでもらいたいな。どこの誰が、でたらめを言い触《ふ》らしてるんだっ。教えてくれないか」

「その質問には答えられません。そんなことよりも、東京地検特捜部の桐谷恵美検事の事件で春日さんは捜査本部に事情を聴取されましたよね。殺された女性検事が『明進電工』

の赤字隠しのことを調べ回ってたことは明らかになったんです」

「ま、待ってくれないか。桐谷という女検事がその件で会社の社外取締役や全日本監査法人の牧野の周辺を嗅ぎ回ってたことは知ってたよ。しかしね、わたしは殺人事件にはまったく関与してないぞ」

春日がベッドから立ち上がって、利佳を睨みつけた。

「荻副会長に桐谷検事をなんとかしろと言われたんではありませんか？」

「どんな根拠があって、そんな無礼なことを言うんだっ」

「ベッドに腰かけてくれないか」

岩城は利佳を手で制し、春日に声をかけた。

春日が黙って言われた通りにした。そのすぐ後、佃が九〇五号室に戻ってきた。

「ホテル側に頼んで、九階の防犯カメラの映像を観《み》せてもらいました。二十分ほど前に黒いフェイスキャップを被った男がピッキング道具を用《もち》いて、この部屋に侵入する姿がはっきりと映ってました。そいつは函《ケージ》を出たときには、すでにフェイスキャップで目以外の部分を隠してました」

「九〇五号室を出たのは、侵入してから何分後だった？」

岩城は訊いた。

「およそ十二分後でした。男はピッキング道具を使ってドアをちゃんとロックして、エレベーターホールに向かいました。数カ月前にケージの中の防犯カメラは外してしまったんだそうです」

「なぜ、そんなことをしたんだ？」

「お忍びで泊まる不倫カップルが割にいるらしくて、エレベーター内の防犯カメラは外してほしいと県外の有力者からクレームがあったらしいんですよ」

「そういうことか。犯人はケージの中でフェイスキャップを脱着したんだろうな。そして、何喰わぬ顔《フケ》でホテルから逃げたにちがいない」

「そうなんだと思います」

「元AV女優を絞殺した男は、おそらく殺し屋《プロ》なんだろう。あんたに殺人の濡衣《ぬれぎぬ》を着せようとしたんだろうな。実行犯を雇った者に思い当たるんじゃないのか？」

「もしかしたら……」

春日が言いさして、急に口を噤《つぐ》んだ。

「言おうとしたことを喋ってもらいたいな」

「いや、確信があるわけじゃないんで喋れないよ」

「言わなきゃ、あんたを愛人殺しの犯人に仕立てるぞ」

で、そう言ったら、ただの威《おど》しだった。


岩城は大きくうなずいた。言うまでもなく、ただの威《おど》しだった。

「ひょっとしたら、荻副会長が殺し屋に麗花を始末させ、わたしを殺人犯に仕立てようとしたんではないかと思ったんだ。しかし、よく考えると、そう推測するのは変だと感じたんで口を閉じてしまったんだよ」

「どこが変だと思ったのかな？」

「誰かにわたしの口を塞《ふさ》がせるなら、副会長が赤字隠しの首謀者だったということは隠し通せるだろう。しかし、麗花殺しの犯人に仕立てても、こちらの口を封じ切れるわけじゃない。荻健太郎が粉飾決算の司令塔だったことを隠し通すことはできないだろう？」

「あんたの推測通りでも、荻は不正会計の司令塔ではないとシラを切り通せると思ったんだろう。あんたは全日本監査法人の牧野代表に泣きつかれたんで、与党総会屋の石橋に桜庭公認会計士の拉致監禁の実行犯二人を探させた。愛人殺しの嫌疑を持たれて、余罪を認めたら、無期懲役の判決が下されることになるだろうな。あんたが赤字隠しの主導者は副会長だと喋りっこないと踏んだのかもしれない」

「荻副会長がそう考えたんだとしたら、何もわたしを第三者に始末させる必要はないことになるね」

「弟分だった男を殺し屋《プロ》に片づけさせるのは、さすがに抵抗があったんじゃないかな。で、荻健太郎はあんたを愛人殺しの犯人に仕立てようと企《たくら》んだのかもしれないぞ」

「そうなんだろうか」

「荻副会長は畠中会長とは反《そ》りが合わないようだな」

「二人は犬猿の仲だね。畠中会長は、わたしを操ってたのは荻副会長だと睨んでるようなんだ。でも、その証拠があるわけじゃないんで、わたしが詰め腹を切らされて幕引きになったことに文句はつけられなかったんだ。畠中会長は一日も早く荻副会長を会社から追い出したがってる節《ふし》がある」

「そうなのか」

「逆に荻副会長は、畠中会長を『明進電工』から追放したいんで、何年も前から『エナジーハウス』の赤字分を一気に埋めたくて独自の増収計画を密かに進めてるようなんだ」

「弟分だったあんたにも、その計画を教えてはくれなかったのか？」

「そうなんだ。副会長は、大きな手柄になるようなことは必ず単独で進めてきたんだよ」

「それだけ出世欲が強いってことか」

「ああ、そうなんだろう。わたしは荻副会長の動きが気になったんで、四年ぐらい前に変装して尾行したことがあるんだ。副会長は外務省のナンバー2である相馬拓《そうまたく》審議官と会ってた」

「外務官僚たちは特権意識を持ってるから、外交官や大使が駐在国でとんでもないことをしてるな。現地での買春、盗撮、痴漢行為などの犯罪に及んでも、その多くは揉み消されてる。アフリカの後進国で大使を務めてた男は飲酒運転で現地人を轢《ひ》き殺しても停職一カ月の処分を受けただけで、その後は南米の小国の大使になった。また、外務省職員の機密費詐取なんかも減ってない」

「そうみたいだね」

「副会長は何かと弱みのある外務省の高官を使って、原発プラントを売り込めそうな外国とのパイプづくりをさせてるのかもしれないな」

「それ、考えられるね。福島原発以降、原発ビジネスの受注はゼロつづきだ。途上国の要人たちは権力を握ってるから、腐敗と不正塗《まみ》れだよな。荻副会長が弱点のある外務官僚たちに発展途上国や原発を増やしたい国々にパイプをこしらえさせれば、原発プラントの受注に繋がるかもしれない」

「天下の『明進電工』といえども、アジアやアフリカ諸国の有力者に商談を持ちかけたところで、すんなりとは応じてもらえないだろう。しかし、相手国の政治家、王族、軍の高官に何か弱みがあったら、ビジネスの売り込みを拒否はできなくなるはずだ」

「わたしも、そう思うよ」

「ところで、あんたはなんで愛人と一緒に姿をくらます気になったのかな。本当は桐谷恵美の事件に関わってるからなんじゃないのかっ」

「そうじゃない。荻副会長が誰かにわたしを葬らせるかもしれないと思ったんで、麗花と一緒にしばらく身を隠すことにしたんだよ。どうか信じてくれないか」

「わかった。おれたちは引き揚げるが、あんた、逃げるなよ。愛人が殺されたんだ。ホテルに事件通報して、ちゃんと群馬県警の事情聴取に応じるんだ」

「しかし、殺人犯と疑われるかもしれないじゃないか。麗花にはかわいそうだが、早く部屋から逃げたい気持ちだよ。偽名でチェックインしたから、すぐにわたしがホテルや警察には割り出されないと思うんだが……」

　春日が言った。

「こっそり逃げたりしたら、かえって怪しまれて殺人容疑の嫌疑をかけられることになるぞ」

「そうか、そうだろうな」

「警察関係者に事実をありのままに話せば、地検送りにはならないと思う。それから、おれたちのことは群馬県警の者には黙ってたほうがいいな。余計なことを喋ったら、大きな犯罪の加害者に仕立てるぞ」

「しかし、あんたたちはホテルマンに部屋のドアを開けさせたんじゃないのか」

「そうだが、おれたちは公金横領犯が愛人と無理心中するかもしれないと偽って、この部屋に入ったんだよ」

「わたしを公金横領犯にしたのか⁉」

「そうだ。マスターキーでドアのロックを解いてくれたフロントマンには、もっともらしく言い繕《つくろ》っておく。邪魔したな」

岩城は遺体に合掌し、ベッドルームを出た。

三人の部下が倣《なら》う。『シャドー』の四人は急いで九〇五号室を出て、次々に布手袋を外した。

4

食欲がなかった。

昨夜、ろくに寝ていないせいだろう。岩城は食べかけのチーズトーストをパン皿に置いた。ブラックコーヒーを啜《すす》る。

自宅マンションのダイニングキッチンだ。水上温泉に行った翌朝の九時半過ぎである。

前夜は思いがけないことになった。チームのメンバーが『ホテル清風園』を後《あと》にして間もなく、『明進電工』の春日前社長が投宿先のホテルの駐車場で射殺された。岩城は三人の部下と『ホテル清風園』に引き返し、臨場した群馬県警機動捜査隊の隊員から情報を集めた。

たまたま事件現場の近くを通りかかったと言い繕《つくろ》って、それとなく探《さぐ》りを入れてみたわけだ。複数人の目撃証言によると、逃走した加害者は黒いフェイスキャップを被り、消音装置付きの拳銃を握っていたらしい。

動きから察して、男は中高年ではなかったようだ。加害者は無言で春日に近づき、いきなり発砲したという。額を撃ち抜かれた被害者は棒のように後方に倒れ、そのまま動かなくなったそうだ。即死だったのだろう。

犯人は落ち着いた様子で、『ホテル清風園』の裏山に逃げ込んだという話だった。その沈着ぶりから、プロの殺し屋と思われる。久米麗花を絞殺したのは、同一人物と考えてもいいだろう。

荻副会長がフェイスキャップで顔面を隠した男に春日と麗花を葬らせた疑いは濃い。

しかし、赤字隠しの司令塔だったことが発覚するのを恐れて、二人の代理殺人を依頼するだろうか。それは考えにくいだろう。

生前、春日が洩らしていた話が引っかかる。荻健太郎は外務省の弱みにつけ込み、原発プラントを売り込めそうな国々に何年も前からパイプを繋がせてきたのではないか。

だが、東日本大震災以降、『明進電工』に外国から原発プラント受注があったという話は報道されていない。

ただ、受注できる可能性はありそうだ。それだから、荻はいまも外務省の相馬審議官と接触していると思われる。

東京地検特捜部で活躍していた美人検事は、『明進電工』の荻副会長と外務省ナンバー2の相馬審議官の不適切な関係を怪しみ、独自に内偵捜査をしていたのではないか。それを察知した荻か、相馬が第三者に桐谷恵美を始末させたのかもしれない。

岩城はそこまで筋を読み、セブンスターに火を点けた。

原発を増やしたがっている国は少なくないが、その筆頭は中国だろう。荻副会長は外務省の相馬審議官から中国政府高官の賄賂情報や女性スキャンダルを聞き出し、原発プラント売り込みの切札にする気なのではないか。

各国の駐在日本大使館・領事館職員が派遣先でさまざまな情報活動をしていることは公

然たる秘密だ。

それだけではなく、商社の駐在員、新聞社の支局員、留学生など民間人にスパイ活動をさせているという噂もあった。

経済大国にのし上がった中国は、盛んに海外進出を図っている。ラオスに鉄道やダムを建設しているが、裏では不正ビジネスに励んでいるようだ。投資で途上国に恩を売っているのは、大きな見返りが期待できるからだろう。

現に中国はアフリカのスーダンにさまざまな援助をしているが、シェールガスの採掘権を得ることが狙いのはずだ。また、政情不安定な国々に不正コピーした中国製兵器を売って荒稼ぎしている。

政府高官の多くは、賄賂を受け取っているにちがいない。そうした弱みを外務省筋から聞き出せば、そのうちに中国は『明進電工』に原発プラントを発注せざるを得なくなるだろう。

荻が原発ビジネスで『エナジーハウス』の赤字分を補ったら、ライバルの会長を蹴落とすことができるかもしれない。

だが、弟分だった春日に赤字隠しの司令塔が荻だったという証拠を東京地検特捜部に持ち込まれたら、野望は潰《つい》える。春日の愛人まで正体不明の実行犯に片づけさせたのは、大事を取りたかったからではないか。

岩城は、短くなった煙草の火を消した。

その直後、ダイニングテーブルの上に置いた刑事用携帯電話《ポリスモード》が着信音を発した。岩城はポリスモードを手に取った。

ディスプレイを見る。電話の主は神保参事官だった。

「きのうは判断ミスをしてしまいました。春日を連れて東京に戻るべきでした。泳がせたんで、春日は『ホテル清風園』の駐車場で撃ち殺されることになってしまったわけですから」

岩城は先に口を開いた。前夜のことは、すでに参事官に報告してあった。

「別にきみの判断ミスじゃないさ。春日が愛人を絞殺したんではなかったんだから、本家の者に取り調べさせる必要はなかった。岩城君の判断に問題はないよ」

「ですが、油断してしまいました」

「自分を責めて、きのうの夜はあまり眠れなかったんじゃないのか。え？」

「いいえ、ふだん通りに五、六時間は……」

「嘘が下手だね。それはそうと、本家の者が群馬県警から情報を取ってくれた。ライフルマークから、射殺犯の凶器が特定されたそうだ。オーストリア製のシュタイアーM357らしいよ」

「で、麗花と春日の二人を殺《や》った疑いのある男はどうなりました？」

「山狩りをして、緊急配備したそうなんだが……」

「包囲網に引っかからなかったんですね？」

「そうなんだ。岩城君が昨夜《ゆうべ》言ってたように、逃亡犯は殺しのプロなんだろうね。そいつの雇い主は誰なのか」

神保が呟いた。

「『明進電工』の荻副会長と睨んでます」

「その根拠はあるのかな？」

「ええ」

岩城は自分の推測を話した。

「荻が何年も前から外務省の相馬審議官とよく会ってたというなら、きみの読み筋は外れてないと思うよ。外務省は職員らの不祥事をうやむやにしてるだけでなく、北京大学に留学してたフリージャーナリスト、反日映画に出演してた日本人俳優、中国残留孤児二世なんかを協力者《エージェント》にして政府要人たちの不正を調べさせてたからね。そうした親中派と思われてる日本人たちは、向こうでそれほど警戒されることはないんだろう。偉いさんたちの収賄や女性関係の情報を得やすいと思うよ」

「そうでしょうね。しかし、そういう民間人スパイが中国の公安に拘束されて二、三年服役した例があります」

「四、五人が公安当局に逮捕されたね。当然だろうが、外務省はそんな協力者はいないとシラを切りつづけた。エージェントには外務省から高額な謝礼が払われてるようだが、向こうの工作員に民間人スパイと看破《かんぱ》されたときはあっさり切り捨てられてるんだろうな」

「そうなんでしょうね」

「それはともかく、外務省は中国政府の要人たちの弱みを押さえてるにちがいない。その外務省も堕落し切ってる。荻は外務省筋から得た情報を武器にして、中国政府高官に原発プラントの売り込みをかけてるんだろう。いい度胸してるね。日本に潜り込んでる中国の工作員に消されるかもしれないのにな」

「荻はどんな汚い手を使ってでも、『明進電工』の会長になりたいと願ってるんでしょうね」

「そうなんだろう。おそらく荻健太郎か、外務省高官がフェイスキャップを被った男に桐谷検事を始末させたんだろうな。『シャドー』のメンバーは、荻と外務省の相馬審議官に張りついてみてくれないか。そうすれば、捜査は大きく前進する気がするな」

「と思います」

「話が前後するが、群馬県警の機捜《きそう》がきみらメンバーのことで探りを入れてきたが、うまく口裏を合わせておいたよ。だから、安心して任務を続行してくれないか」

神保が電話を切った。

岩城は手早く食器を洗い、シャワーを浴びた。身仕度をすると、自宅マンションを出た。

日比谷のアジトに着いたのは、二十六、七分後だった。

すでに三人は『エッジ』の偽装事務フロアのソファに腰かけて、何か話し込んでいた。

岩城は森岡のかたわらのソファに坐り、神保から聞いた話を部下たちに伝えた。

口を結ぶと、森岡が言った。

「凶器がシュタイアーM357だったという殺人事件は珍しいな。いまも逃げてる犯人《ホシ》は、おおかた凄腕の殺し屋《プロ》なんだろう。リーダーは、どう思ってるんだい？」

「そうなんだろうね。犯行時に冷徹さを失ったことはないようだから、何人も殺したことがあるんでしょう」

「元自衛官か、海外で傭兵をやってた野郎かもしれないな。そいつを雇ったのは、『明進電工』の荻副会長に決まりだね。それから、逃亡中の射殺犯に女検事も片づけさせたんだろう」

「桐谷検事を殺したのは、別人かもしれませんよ。逃亡中の男は殺し屋《プロ》と思われるから、〝抹殺屋〟と称して捜査一課長に犯行声明メールを送信するとは考えにくい。森岡《モリ》さん、そうは思いませんか？」

「そうだな。荻は別の者に美人検事を片づけさせたんだろう」

「荻が臭いことは確かですが、外務省の高官が捜査本部事件に深く関わってるかもしれないんですよ」

「どういうことなんだい？」

「荻は外務省の弱みを握って、中国に原発プラントの売り込みに協力させたと考えられるんです」

岩城は部下たちに自分の推測したことをつぶさに語った。すぐに反応したのは佃だった。

「外務省が大使館や領事館職員のほかに民間人をＳ《エス》にして、いろんな情報を集めさせてることは間違いないんでしょう。キャリア官僚たちが何かと問題を起こしてるのも事実です。荻健太郎がそうした弱みをちらつかせて、外務省高官に中国政府の要人たちとのパイプづくりをさせた可能性はあるでしょうね」

「外務省の協力者《エージェント》が中国政府の痛いとこを摑んだとしたら、『明進電工』の原発プラントの売り込みを強く拒絶することはできなくなるんじゃないか」

「ええ、そうでしょうね。何か致命的な弱みを知られたら、いずれ中国は『明進電工』に原発プラントを発注せざるを得なくなると思います」

「桐谷検事は『明進電工』の赤字隠しのからくりを調べ上げただけでなく、荻副会長のやくざ顔負けの商売《ビジネス》の仕方を知ってしまったんでしょうか」

利佳が話に加わった。

「おれは、そう推測したんだよ。まるっきりリアリティーのない筋読みじゃないと思うんだが、どうかな？」

「充分に考えられると思います。それだから、荻健太郎は第三者に桐谷恵美さんの口を永久に塞《ふさ》いでもらったのかしら？」

「荻に弱みを握られたと推測できる外務省も、美人検事を都合の悪い人間と思ってたにちがいない。荻の脅迫に屈《くっ》して、原発プラントの売り込みに協力してたとすれば、当然、問題になるよな」

「そうですね。公務員が特定の企業の販売活動を手伝ってることが表沙汰になったら、外務省はバッシングされます。外務省の関係者が誰かに桐谷さんを亡き者にさせたかもしれないんですね」

「そう。怪しいのは荻だけじゃない。神保さんは、おれたちに荻健太郎と外務省のナンバー2の相馬審議官をマークしてほしいと言ってた」

「その二人に張りついていれば、桐谷検事の事件の首謀者がわかりそうですね」

「ああ、多分な。瀬島は佃とペアを組んで、『明進電工』の本社近くで張り込み、荻の動きを探ってくれ」

「わかりました。車はプリウスを使いますね」

「そうしてくれないか。おれは森岡《モリ》さんと外務省に張りついて、相馬審議官をマークすることにする」

「了解です」

「おまえら二人は先に出てくれ」

岩城は言った。利佳と佃がほぼ同時に腰を浮かせ、偽装オフィスから出ていった。

岩城・森岡班は十分ほど過ぎてから、アジトを後《あと》にした。二人は地下駐車場に降りた。スカイラインの運転席に坐り込んだのは岩城だった。

霞が関二丁目にある外務省に着いたのは、七、八分後だった。岩城は張り込むと、すぐに神保に連絡して外務省トップの田代彰《たしろあきら》事務次官や相馬審議官ほか全局長の顔写真と個人情報をポリスモードに送信してもらった。

田代事務次官は五十五歳で都内の公舎住まいだが、別荘とフィッシング・クルーザーを所有していた。機密費を私物化して、不動産やクルーザーを購入したのだろう。

相馬審議官も家族と公舎で暮らしているが、妻名義の億ションを持っている。五十二歳だから、年俸は千五、六百万円ではないか。事務次官と同じように、機密費を私的に流用したと思われる。局長たちも豊かな生活をしている様子だ。

岩城たちコンビはラスクとビーフジャーキーで空腹をなだめながら、張り込みつづけた。時間がいたずらに流れるだけで、相馬審議官は職場から出てこない。

一時間ごとに佃から連絡があったが、荻副会長も社内に留《とど》まったままだという。

やがて、陽《ひ》が大きく西に傾いた。

神保参事官から岩城に電話がかかってきたのは、午後六時四十五分ごろだ。

「例の〝抹殺屋〟が、また捜査一課長にフリーメールを送りつけてきたんだ」

「司法関係者が殺害された事案《じあん》が発生したんですか？」

「いや、そういう事案はないね。〝抹殺屋〟は犯罪計画を変更するという内容のフリーメールを今度は、渋谷の『ドット』というネットカフェから送りつけてきたんだ」

「メールには、どんなことが書かれてたんですか？」

　岩城は早口で問いかけた。

「刑事、検事、判事を殺害する前に、堕落し切った大企業の重役とキャリア官僚を先に葬ることにしたとパソコンで打ってあるだけなんだ。犯罪計画を急に変えた理由については、一行も触《ふ》れてないんだよ」

「そうですか。なんだか不自然ですね。参事官、最初の犯行声明メールは唐突でしたんで、ミスリード工作だったと疑えなくもありません。ええ、そうだったのかもしれないな」

「〝抹殺屋〟の犯行目的は、正義を振り翳《かざ》してる司法関係者を私的に裁くんではなく、カモフラージュだったんではないかってことだね？」

「参事官、そう疑えませんか？」

「言われてみると、なんか作為的《さくいてき》な犯行声明だったな」

「〝抹殺屋〟の見当はまだつきませんが、桐谷検事に自分の犯罪計画を知られてしまったんで、始末せざるを得なくなったんじゃないんですかね」

「よく理解できないな。もっとわかりやすく説明してくれないか」

「はい。桐谷検事は『明進電工』の粉飾決算の裏側を調べているうちに、荻副会長が外務省の弱みにつけ込んで、中国に原発プラントを売り込むパイプづくりをさせたことを知った」

「それで？」

「外務省に抱き込まれた民間スパイたちの何人かは中国の公安に捕まえられて、二、三年獄中生活を送った。外務省はそうした協力者《エージェント》を使ってたと認めるわけにはいかないんで、スパイ容疑で拘禁された連中など知らないと言い張ったんでしょう」

「スパイ活動をしてた親中派の日本人は外務省にうまく利用されてポイ捨てにされたことに怒り、かつての雇い主に報復する計画を立ててたんではないかって読みだね？」

「ええ、そうです。その犯罪計画を桐谷検事に知られてしまったんで、仕方なく……」

「美人検事を殺すことになったという推測だね。そうだとしても、合点のいかない部分があるな。なぜ〝抹殺屋〟はわざわざ犯罪計画を変更する気になったことを捜一の課長にメールしたんだろうか？」

「その点が謎なんですが、〝抹殺屋〟は報復相手にたっぷり恐怖を与えてから、処刑したいのかもしれませんね」

「そういうことなら、一応、得心できるな。相馬審議官を根気強くマークしつづけてくれないか」

神保が通話を切り上げた。

岩城はポリスモードを懐に戻してから、参事官から聞いた話を森岡に伝えた。

「リーダーの筋の読み方は正しいのかもしれないな。確かに〝抹殺屋〟の最初の犯行声明は変だ。美人検事を殺った犯人《ホシ》が捜査当局の目を逸《そ》らしたくて、それらしい犯行声明メールを捜一の課長に送りつけたって受け取れないこともないからな」

「そうなんですよね」

会話が中断したとき、外務省の門から相馬審議官が小走りに出てきた。誰かに呼び出されたのか、あたりを見回している。

相馬が小首を傾げ、踵《きびす》を返した。数秒後、前のめりに倒れた。銃声は轟《とどろ》かなかったが、桜田《さくらだ》通りの向こう側の合同庁舎1号館のどこかから狙撃されたことは間違いない。

「相馬は後頭部を撃ち抜かれたようだから、もう生きていないかもしれませんが、生死を確認してください。狙撃者は向かいの合同庁舎1号館にいるにちがいないから、おれは犯人《ホシ》を追います」

岩城は森岡に言って、スカイラインの運転席から飛び出した。

桜田通りを強引に突っ切りはじめる。クラクションが幾重《いくえ》にも鳴り響いた。ブレーキ音も重なった。

岩城は合同庁舎1号館に走り入った。エレベーターホールでしばらく待ってみたが、不審者は函《ケージ》から現われない。

狙撃者は館内のトイレの個室ブースに隠れて、それから逃亡する気なのか。各階のトイレを覗いてみることにした。

岩城は、エレベーターの一基に乗り込んだ。

5

勘が外れたのか。

七階までの各フロアの男性用トイレのブースを検《しら》べてみたが、いずれも空だった。狙撃犯らしき者は潜んでいなかった。

岩城は額の汗を拭って、七階の男性用トイレを飛び出した。

エレベーターを待つのももどかしい。岩城は階段を駆け上がって、八階に達した。男性用トイレに向かう。

数十メートル進んだとき、右手前方にある男性用トイレから三十代半ばの男が出てきた。

ラフな服装で、この季節に黒いニット帽を被っていた。よく見ると、左の外耳がなかった。鼻も半分近く削ぎ落とされている。

黒いトロンボーンケースを提《さ》げていた。中身は、消音型の狙撃銃なのではないか。外務省の相馬審議官を撃った犯人なのかもしれない。

公務員には見えなかった。職務質問すべきだろう。

岩城は相手に足早に近づき、警察手帳を見せた。姓だけを名乗る。

「警視庁の者なんだが、少し前に外務省の審議官が撃たれたんだ。銃声は聞こえなかったんだが、この建物のどこかから狙撃されたと思われるんですよ。多分、非常階段から……」

「そうなんですか」

「合同庁舎1号館で働いてる方じゃないんでしょ？」

「ビルを間違えちゃったんですよ。この近くのビルの八階に知人が経営してる音楽制作会社があるんですよね。一度訪ねたきりなんで、建物を間違えちゃったわけです」

「そうだったのか。ミュージシャン？」

「一応、プロのトロンボーン奏者です。でも、だいぶ前から仕事が激減してしまったんで、知り合いの音楽プロに売り込みにね」

「それは大変だな」

「時代が変わってしまったんですよ」

「念のため、運転免許証か何か身分のわかる物を見せてもらえないだろうか。お名前は？」

「宮内剛《みやうちつよし》です。年齢《とし》は満三十六歳になりました」

男が自己紹介し、麻の白いジャケットの内ポケットから運転免許証を取り出した。

それを受け取り、岩城はチェックした。顔写真は本人のものに間違いない。現住所は世田谷区下馬《しもうま》六丁目になっている。

岩城は礼を言って、運転免許証を宮内に返した。

「もういいでしょ？」

「あと一、二分だけ協力してくれないか。失礼を承知で訊くんだが、耳と鼻の一部が欠損してるね。事故で怪我をしたのかな？」

「チンピラ連中と喧嘩をして、ナイフで削がれてしまったんです」

「そうだったのか。中国あたりの公安関係者に拷問でもされたんじゃないかと思ったんだが、そうじゃなかったんだ」

「おれ、いや、わたし、中国には一度も行ったことありません」

「そう。一応、トロンボーンケースの中身を見せてくれないかな。まさか消音器付きの狙撃銃か自動小銃なんか入ってないと思うけどさ」

「いいですよ」

宮内がトロンボーンケースを通路に置き、片膝を落とした。

次の瞬間、トロンボーンケースが横に払われた。岩城は体のバランスを崩して、大きくよろけた。

ほとんど同時に、宮内に横蹴りを見舞われた。岩城は通路に横倒しに転がった。

宮内が踏み込んでくる。今度は前蹴りを放つ気なのだろう。岩城は転がって、鋭いキックを躱《かわ》した。

テイザー銃を引き抜こうとしたとき、背後で足音が響いた。黒いキャップを目深《まぶか》に被った口髭をたくわえた男が無言で催涙ガスを噴射させた。

反射的に岩城は目をつぶって、頭からスライディングした。キャップの男の両足を掬《すく》う。

相手が尻餅《しりもち》をついた。洩らした声は細かった。男の声ではなさそうだ。

岩城は瞼《まぶた》を開けた。

そのとき、宮内に首の後ろを蹴られた。岩城は痛みを堪《こら》えて、キャップを被った少し小柄な男を見据えた。

立ち上がった相手の口髭の端は、唇に被さっていた。付け髭だった。

「そっちは男装した女だなっ」

岩城は半身を起こした。

そのとき、乳白色の噴霧《ふんむ》が拡《ひろ》がった。岩城は避けられなかった。

瞳孔に痛みを覚えた。岩城は目を開けていられなくなった。

「退散しよう」

宮内が仲間に言った。二人は階段の降り口に向かって走りはじめた。

岩城は立ち上がった。だが、動くに動けない。手探りで一歩ずつ進み、階段の降り口に達した。

しかし、まだ瞼を開けることはできなかった。五、六分経《た》つと、ようやく物が見えるようになった。

岩城は勢いよく階段を下《くだ》った。

合同庁舎1号館を出て、あたりを見回す。しかし、宮内と仲間の姿はどこにも見当たらなかった。

外務省の前には、警察車輛が七、八台連《つら》なっている。相馬審議官は救急搬送されたらしく、目に留《と》まらなかった。被弾場所には規制線が張られ、大勢の制服警官と刑事が立っている。近寄るわけにはいかない。

スカイラインは、財務省国税庁の前まで後退していた。

岩城は霞が関二丁目交差点を渡って、『シャドー』専用の覆面パトカーに駆け寄った。

運転席の森岡が助手席を指さした。岩城は助手席に乗り込んだ。

「相馬審議官は即死だったみたいだよ。脈がなかったんだ。丸の内署の地域課と機捜《きそう》の連中が現場に来る前に、この車を移動させたんだよ」

「助かります。初動捜査を担当する者におれたちの姿を見られたら、面倒なことになるからね」

「そうだな。リーダー、狙撃犯と思える奴は合同庁舎1号館にはいなかったの?」

森岡が問いかけてきた。

岩城は経緯を詳しく話した。

「宮内剛って野郎が呈示《ていじ》した運転免許証は偽造じゃないんだから、そいつの下馬六丁目の家《ヤサ》に張りついてれば……」

「宮内は、もう自宅に戻る気はないでしょう。自分の塒《ねぐら》にうっかり戻ったら、逮捕されることになるからね」

「そうだな。どこかに潜伏しそうだが、宮内はなんで相馬を射殺したのかね。何か恨みがあったんだろうが、見当がつかない」

「森岡《モリ》さん、宮内は外務省の協力者《エージェント》として中国政府や高官たちの不正を嗅ぎ回ってたんじゃないかな」

「リーダー、そうなのかもしれないぞ。宮内の片方の耳と鼻の半分近くが削ぎ落とされてたという話だから、中国の公安当局にスパイ容疑で捕まって拷問されたんだろう。それでも、宮内は外務省の手先だとは吐かなかったんじゃないのか」

「おれも、そう思ったんですよ。そこまで庇《かば》ってやったのに、外務省は宮内をちゃんと犒《ねぎら》おうとしなかった。だから、窓口だった相馬審議官に裏切られたという怒りを募《つの》らせて……」

「外務省は民間人のスパイをさんざん利用しても、冷たく切り捨ててきたんじゃないのか。中国でスパイ容疑で服役させられた親中派のフリージャーナリストや中国残留孤児二世なんかは保釈後、帰国しても面倒見てもらえなかったんだろうな。自分らをうまく利用した外務省を恨んでるにちがいないが、裁判も起こせない。結局、泣き寝入りするほかなかったんじゃないの？」

「そうだったんでしょう。宮内は外務省の民間人スパイながら、最後まで背後関係は喋らなかったんだろうな。それだから、ひどい拷問を受けて片一方の耳と鼻の一部を失うことになった。宮内は外務省に、一生遊んで暮らせるだけの金を機密費から出してほしいと掛け合ったのかもしれません」

「けど、冷たく断られちまった。そうだったら、宮内は田代事務次官や相馬審議官をぶっ殺してやりたくなるだろうな」

「でしょうね」

「リーダー、〝抹殺屋〟は宮内剛なんじゃないのか。復讐計画を桐谷検事に知られてしまったんで、やむなく男装した女に……」

「そう考えてもいいと思います。美人検事を死なせた男装の女は、宮内剛の恋人か妹なのかもしれないな。外務省は親中派の日本人留学生や俳優を巧妙な手口で協力者《エージェント》にしといて、そうした者が中国の公安にスパイ容疑で捕まったら、まったく関わりはないと逃げる。汚いやり方ですよね」

「そうだな」

「宮内剛のことをよく調べれば、桐谷恵美を死なせた男装の女の正体もわかるでしょう」

岩城は口を結んだ。

数分後、佃から岩城に電話がかかってきた。

「ついさっき群馬県警捜査一課が『明進電工』の荻副会長を殺人教唆容疑で検挙《アゲ》ました。

久米麗花と春日勇を殺害した殺し屋《プロ》の佐久間保《さくまたもつ》、三十四歳が午後四時前に長野県内で身柄《ガラ》を確保されたらしいんですよ」

「それで、佐久間って奴は殺しの依頼人が荻だと自供したわけか」

「そうです。群馬県警の捜査員から聞き出した情報ですから、間違いはないでしょう。佐久間は美人検事殺しには関与してないようですが、本当なんですかね」

「捜査本部事件に佐久間はタッチしてないだろう。外務省の相馬審議官が職場の前で撃ち殺されたんだ」

「えっ⁉」

「桐谷恵美を殺《や》ったのは、予想外の人間らしいんだ。真犯人は外務省の民間人スパイと親密な女のようだな」

岩城は事の経緯を話した。

「宮内剛は、外務省トップの田代彰事務次官も殺害する気なんじゃないんですか？」

「ああ、おそらくな。外務省の近くで田代を待ちつづけてると、潜行捜査がバレるだろう。田代の公舎付近で張り込もう。佃と瀬島も、そっちに回ってくれ」

「田代に捜査に協力しないと、相馬と同じように宮内剛に射殺されるぞと威《おど》しをかけるんですね？」

「そうするつもりだ。神保さんに報告を上げたら、森岡《モリ》さんとおれも港区内にある田代事務次官の自宅に向かうよ」

「わかりました。後で合流しましょう」

佃が電話を切った。

岩城はポリスモードの終了キーを押した。ちょうどそのとき、神保参事官から岩城に電話がかかってきた。

「群馬県警が『明進電工』の荻副会長を殺人教唆容疑で逮捕した。荻は佐久間保というプロの殺し屋に元AV女優と春日前社長の二人を始末させたんだよ。例の赤字隠しの主導者が自分だと知れることを恐れてね」

「そのことは、『明進電工』本社付近に張り込んでた佃から聞きました。報告が遅くなりましたが、外務省の相馬審議官が狙撃されたことはもうご存じですよね？」

「ああ。そのことで、岩城君から詳しいことを教えてもらおうと電話したんだよ」

「そうでしたか。狙撃犯と思われる男に職務質問したんですが、逃げられてしまいました」

岩城は事件の流れをつぶさに語った。

「その宮内剛は外務省の協力者《エージェント》として、中国でスパイ活動をしてたんだろうな。向こうの公安当局に捕まっても、外務省の名は出さなかった。それで、片耳を切断されて、鼻の半分近くも削がれてしまったんだろうな。宮内は形成外科手術の費用と向こう数十年分の生活費を外務省に払わせようとしたんじゃないだろうか」

「ええ、そうなんでしょう。しかし、外務省はまともに取り合わなかった。宮内は逆上して、外務省高官たちに仕返しをする気になったんだと思います」

「そうにちがいないよ。田代事務次官も命を狙われると見るべきだろうな」

「そう睨んだんで、メンバー四人でこれから田代事務次官の自宅に向かうつもりなんですよ」

「ああ、そうしてくれ。ナンバー2の相馬審議官が撃ち殺されたんで、トップの田代事務次官は怯《おび》えてるだろう。外務省の秘密が外部に漏《も》れることよりも、自分の命のほうが大切だと思ってるはずだ。警察に救いを求め、一連の事件について喋るんじゃないかね。宮内に協力してる男装の女にも見当がついてるかもしれない。もしかしたら、岩城君にも見当がついてるんじゃないのか」

「ひょっとしたらという人物はいますが、まだ確信を深めたわけではないんで、断定的なことは言えません」

「慎重だね。公安部は中国に潜ってる日本人工作員だけではなく、外務省、防衛省の民間人協力者たちのことも把握してるだろう。宮内剛と親交のある男女もわかるんじゃないのかな。その中に、桐谷検事を亡き者にした犯人がいそうだね。岩城君はそう推測してるんだろう？」

「ええ、そうです。宮内剛の血縁者や交友関係の情報が入ったら、すぐに教えていただけますか。お願いします」

岩城は通話を切り上げ、ポリスモードを所定のポケットに仕舞《しま》った。

「リーダー、久しぶりにスカイラインを運転させてもらうよ」

「森《モ》岡《リ》さん、いいんですか？」

「もちろん、かまわないよ。本来なら、職階の低いおれがドライバーを務めなきゃならないわけだからな。それはそうと、もうリーダーは美人検事殺しの犯人《ホシ》を割り出したんだろう？　どうなのかな」

森岡が訊いた。

「まだ加害者の特定はできてませんが、怪しく思ってる女はいます」

「それは誰なんだい？」

「桐谷検事のアシストをしてた検察事務官の須賀瑠衣です」

「なんだって⁉　被害者《マルガイ》の相棒だったんだぜ、須賀瑠衣はさ」

「ええ、そうですね。おそらく瑠衣は、桐谷検事には何も個人的な恨みや憎しみはなかったんでしょう。運命のいたずらだったんだろうな。『明進電工』の粉飾決算のことを調べてた桐谷恵美は、荻健太郎が外務省の弱みにつけ込んで田代事務次官や相馬審議官に中国への原発プラント売り込みに協力させた事実を摑んだんでしょう」

「そう考えてもいいだろうな。優秀な女検事だったようだからさ。美人検事はそれだけに留《とど》まらず、外務省が親中派の日本人を巧みな手口で協力者《エージェント》にしてたことも調べ上げたんじゃないかって読みだね？」

「そうです。桐谷検事は外務省に協力した民間人スパイがさんざん利用されて、使い捨てにされてることまで調べ上げたんでしょう。さらに宮内剛の報復計画まで見抜いたんじゃないだろうか」

「リーダー、それを裏付ける証言や証拠は何も得てないんだぜ」

「そうですね。おれの想像にすぎません。しかし、須賀瑠衣の証言にずっと納得できないものを感じてたんですよ。桐谷検事と瑠衣は信頼し合って仕事をしてきたはずです」

「だろうね」

「それなのに、瑠衣は検事が集めた赤字隠しの証拠の所在がわからないと言《こ》《と》った。おれは、そのことをおかしいと感じたんですよ。検察事務官は必死に何かを糊塗したがってるんじゃないのか。そんな疑念がずっと尾を引いてたんですよね」
岩城は言った。
「刑事の勘を否定する気はないが、リーダーの筋読みは何も裏付けされてない。だから
さ、捜査本部事件の真犯人《ホンボシ》が須賀瑠衣と極《き》めつけるわけにはいかないな。合同庁舎1号館
の八階でリーダーに催涙ガスを噴射させた男装の女の面《つら》はよく見なかったの？」
「ちゃんと見てないんです。ただ、尻餅をついたときに上げた声は、須賀瑠衣のそれに似
てた気がします。だから、瑠衣は宮内剛の恋人か妹かもしれないと思ったんだ」
「そう」
「どちらにしても、男装してた女は外務省に利用されて背を向けられた宮内に同情し、報
復に協力する気になったんじゃないか。恋愛関係にあったら、迷うことなく、宮内の共犯
者になるんじゃないんですかね」
「そうだろうな」
森岡がスカイラインを穏やかに走らせはじめた。田代事務次官の自宅をめざす。
四、五キロ走ったころ、岩城の刑事用携帯電話《ポリスモード》が鳴った。発信者は神保だった。
「公安部の情報で、宮内剛が五年前から外務省の協力者《エージェント》だったことは確認できた。宮内は
上海《シャンハイ》の日本語学校の教師をしてたんだが、アフリカのルガンダに難民の子供向けの小学

校を創立したいという夢を持ってたらしい。しかし、その資金はなかなか工面《くめん》できなかったようだ」

「そこに目をつけた外務省が宮内を民間人スパイに仕立てたんでしょ？」

「そうらしい。田代事務次官と相馬審議官の二人は帰国中の宮内をわざわざ訪ねて、中国政府の不正の証拠を集めてくれれば、機密費の中から年に二千万円の謝礼を払うと言ったようだな」

「宮内はその誘いに乗って、外務省のエージェントになったわけか」

「そうなんだ。『明進電工』の荻副会長は外務省が民間人をスパイにしてることを脅迫材料にして、中国への原発プラント売り込みに協力させ、二件ほどの受注がほぼ決まったらしいんだよ。ところが、その後に日本人スパイが中国の公安に五人も捕まり、二、三年獄中生活をすることになってしまった」

「宮内は、そのひとりだったんですね？」

「そう。宮内は背後関係を頑《かたく》なに吐かなかったんで、鋏《はさみ》で片方の外耳を切り落とされ、さらにメスで鼻の半分近くを削ぎ取られてしまったらしい。釈放されて帰国したのはおよそ十カ月前だったそうだよ。宮内は田代と相馬の自宅を交互に訪れ、一億円の迷惑料を払えとしつこく迫ってたみたいだね。しかし、まともに相手にされなかったようだ」

「怒りに駆られた宮内は外務省のトップとナンバー2を抹殺することに決め、先に相馬審議官を射殺した。事務次官の田代はたっぷり死の恐怖を味わわせてから、始末する気なんでしょう」

「そうなんだろうな。捜査一課長に犯行声明と犯行予告メールを送りつけた〝抹殺屋〟は宮内剛だね。おっと、肝心なことが後回しになってしまった。なんと宮内は、五年前から検察事務官の須賀瑠衣と遠距離恋愛してたんだよ」

「そういう仲だったとしたら、美人検事を殺したのは検察事務官だったんでしょう。多分、瑠衣は桐谷検事が集めた犯罪の立件材料を密かに焼却して、宮内の代わりに……」

「尊敬してた桐谷検事を死なせてしまったんだろうか」

「ええ、そうなんでしょう。外務省高官に使い捨てにされた宮内に深く同情して、何がなんでも彼氏の報復計画を遂行させてやりたかったんだろうな」

「それだけ宮内にのめり込んでたんだろうが、愛情の形が歪《ゆが》んでるね。田代事務次官の自宅に何日か張りついていれば、宮内は現われるんじゃないのかね」

「とにかく、粘り強く張り込んでみます」

岩城は電話を切って、通話内容を森岡に話した。森岡は大きく溜息をついただけで、言葉は発しなかった。

やがて、目的地に着いた。

プリウスは田代事務次官宅の数軒先の民家の際《きわ》に寄せられていた。森岡が暗がりにスカイラインを停め、すぐにライトを消した。エンジンも切る。

岩城はポリスモードをスピーカーフォンにして、佃と利佳に神保から得た情報を伝えた。

二人の部下は相前後して吐息をついた。

岩城たち四人は車の中で、田代の帰宅を待ちつづけた。事務次官が黒塗りのハイヤーで自宅に戻ったのは、午前零時過ぎだった。

田代が自宅前で車を降りた。

ハイヤーが走りだしたとき、田代が突風に煽《あお》られたように宙を舞った。頭部に被弾したようだ。微動だにしない。最悪の事態だ。

『シャドー』の四人は一斉に覆面パトカーを飛び出した。

三十メートルほど離れた路上に二つの人影が立っていた。宮内と瑠衣だった。

「〝抹殺屋〟です」

宮内が消音型ライフルを足許に落とし、深く頭を下げた。瑠衣は両手を前に差し出した。後味の悪い捜査だった。

岩城たち四人は横一列に並んで、二人の殺人犯に接近しはじめた。

誰も拳銃は引き抜かなかった。宮内と瑠衣の殺人は罪深い。しかし、二人が感情を先行させてしまった弱さはわからなくはなかった。

それにしても、辛い結末ではないか。遣り切れない気分だ。

それでも、岩城は足を速《はや》めた。任務は遂行しなければならない。

岩城は、ふと夜空を仰《あお》いだ。

月も星も輝いていなかった。夜風だけが吹いていた。

著者注・この作品はフィクションであり、登場する人物および団体名は、実在するものといっさい関係ありません。

一〇〇字書評

抹殺者

切り取り線

購買動機（新聞、雑誌名を記入するか、あるいは○をつけてください）

□（　　　　　　　　　　　　　　　）の広告を見て
□（　　　　　　　　　　　　　　　）の書評を見て
□ 知人のすすめで　　　　　　□ タイトルに惹かれて
□ カバーが良かったから　　　□ 内容が面白そうだから
□ 好きな作家だから　　　　　□ 好きな分野の本だから

・最近、最も感銘を受けた作品名をお書き下さい

・あなたのお好きな作家名をお書き下さい

・その他、ご要望がありましたらお書き下さい

住所	〒				
氏名		職業		年齢	
Eメール	※携帯には配信できません	新刊情報等のメール配信を 希望する・しない			

この本の感想を、編集部までお寄せいただけたらありがたく存じます。今後の企画の参考にさせていただきます。Eメールでも結構です。

いただいた「一〇〇字書評」は、新聞・雑誌等に紹介させていただくことがあります。その場合はお礼として特製図書カードを差し上げます。

前ページの原稿用紙に書評をお書きの上、切り取り、左記までお送り下さい。宛先の住所は不要です。

なお、ご記入いただいたお名前、ご住所等は、書評紹介の事前了解、謝礼のお届けのためだけに利用し、そのほかの目的のために利用することはありません。

〒一〇一－八七〇一
祥伝社文庫編集長　坂口芳和
電話　〇三（三二六五）二〇八〇

祥伝社ホームページの「ブックレビュー」からも、書き込めます。
http://www.shodensha.co.jp/bookreview/

祥伝社文庫

抹殺者《まつさつしや》　警視庁潜行捜査班《けいしちようせんこうそうさはん》シャドー

平成28年6月20日　初版第1刷発行

著　者　南《みなみ》　英男《ひでお》
発行者　辻　浩明
発行所　祥伝社《しようでんしや》
東京都千代田区神田神保町3-3
〒101-8701
電話　03（3265）2081（販売部）
電話　03（3265）2080（編集部）
電話　03（3265）3622（業務部）
http://www.shodensha.co.jp/

印刷所　堀内印刷
製本所　積信堂
カバーフォーマットデザイン　芥　陽子

 ISBN978-4-396-34213-5 C0193

祥伝社文庫の好評既刊

南 英男

三年目の被疑者

元検察事務官刺殺事件。殉職した夫の敵を狙う女刑事の前に現われたのは、予想外の男だった……。

南 英男

異常手口

シングルマザー刑事・保科《ほしな》志保《しほ》と殉職した夫の同僚・有働《うどう》警部補が、化粧を施された猟奇死体の謎に挑む！

南 英男

嵌《は》められた警部補

麻酔注射を打たれた有働警部補。目を覚ますとそこに女の死体が…。誰が何の目的で罠に嵌めたのか？

南 英男

立件不能

少年係の元刑事が殺された。少年院帰りの若者たちに、いまだに慕われていた男がなぜ、誰に？

南 英男

警視庁特命遊撃班

ごく平凡な中年男が殺された。ところが男の貸金庫から極秘ファイルと数千万円の現金が見つかって……。

南 英男

はぐれ捜査

警視庁特命遊撃班

謎だらけの偽装心中事件。殺された男と女の「接点」とは？　風見《かざみ》竜次《りゅうじ》警部補らは違法すれすれの捜査を開始！

祥伝社文庫の好評既刊

南 英男　特捜指令　動機不明

悪人には容赦は無用。キャリア刑事のコンビが、未解決の有名人一家殺人事件の真実に迫る！

南 英男　特捜指令　射殺回路

対照的な二人のキャリア刑事が受けた特命、人権派弁護士射殺事件の背後には……。超法規捜査、始動！

南 英男　暴発　警視庁迷宮捜査班

違法捜査を厭わない尾津《おづ》と、見た目も態度もヤクザの元マル暴白戸《しらと》。この二人の「やばい」刑事が相棒になった！

南 英男　組長殺し　警視庁迷宮捜査班

ヤクザ、高級官僚をものともしない尾津と白戸に迷宮事件の再捜査の指令が。容疑者はなんと警察内部にまで……!!

南 英男　内偵　警視庁迷宮捜査班

美人検事殺人事件の真相を追う尾津&白戸。検事が探っていた〝現代の裏ビジネス〟とは？　禍々《まがまが》しき影が迫る！

南 英男　毒殺　警視庁迷宮捜査班

強引な捜査と逮捕が、新たな殺しに繋がったのか？　猛毒で殺された男の背後に、怪しい警察関係者の影が……。